1

名著典藏版

LE PETIT
PRINCE

小王子

安東尼・聖艾修伯里 ——著
Antoine de Saint-Exupéry

Quand j'avais six ans j'ai une fois vu une magnifique dessin, dans un reponse bois qui avalait un fauve. C'était a peu près comme ça.

Mais je ne savais pas dessiné j'ai une fois essais ca. C'était mon premier dessin.

Et j'ai dit aux pers personnes : qu'est ce que c'est ?
Elles m'ont repondu c'est un chapeau.
Ce n'était pas un chapeau. C'était un reponse boa qui digerait un elephant. Le boa reponse boa avait sa peu être avilir sur sa matière. Et il faut deux ... il fut ... . Au lieu de rie sur le reponse boa est reviens quitté.
J'ai fait un dessin pue expliqué.
J'ai expliqué ... pers ... personnes ... pue quam ... ... j'ai dessin

l'intérieur d'reponse boa.
C'était mon second dessin.
On m'a conseillé ... ... reponse boa.
... ... la ... .
et d'apprendre la géographie. J'ai appris ...
... ... dessiner avec ... ... maurax
... ... les gram
personnes demandent trop ... ...
... ...
j'en fatiguan pue les ... ...
... ...   BORZAK

me rappelai que j'avais surtout appris la géographie, l'histoire, le calcul,
et la grammaire.

      — tu vas me dessiner

      — ça ne fait rien. dessine moi un mouton.

      Comme je n'avais jamais dessiné un mouton je lui refis
l'un des deux seuls dessins que j'avais faits, je lui en refis le dessin
                         le petit bonhomme me dit.

      — non je ne veux pas d'un éléphant dans un boa. les
boas ne m'intéressent pas. les ma dangereux. les éléphants
très encombrants. ce où je vis c'est un mouton. dessine moi
un mouton.

      Alors je dessinai

      Il regarda attentivement
      — celui là est malade fais en un autre.

      Je recommençai

      — ce n'est pas un mouton c'est un bélier. Il a des
cornes.

      Je recommençai:

      — celui là est trop vieux. je veux un qui vive
longtemps.

(4)

導　讀

學會成長學會愛

——安東尼·聖艾修伯里和他的作品

　　安東尼·聖艾修伯里（Antoine de Saint-Exupéry），1900年出生於法國里昂，從小就夢想冒險，十二歲便愛上了飛行。在當時，開飛機是非常危險的事。然而危險和冒險恰恰是聖艾修伯里所渴望的。他於1921年應徵入伍，在空軍服役期間學會了開飛機，取得飛行執照。1923年因飛行事故負傷退役。1927年，他成為從法國土魯斯到非洲卡薩布蘭加和達卡的郵航飛行員，是利用飛機將郵件傳遞到高山和沙漠的先鋒。在任朱比角中途站站長期間，他多次死裡逃生，極為出色地完成了空難救險任務，並因此榮獲法國榮譽軍團騎士勳銜。

11

1935年，在一次巴黎飛往西貢的任務途中，他不幸墜機於利比亞沙漠。這一次的經歷，成為其代表作《小王子》（1943）的故事背景。

1939年，第二次世界大戰爆發，德國入侵法國，鑑於聖艾修伯里曾多次受傷，醫生認為他不能再入伍。但他堅決要求參戰，最終被編入空軍偵察大隊。1940年，法國在戰爭中潰敗，他所在的部隊損失慘重，該部被調往阿爾及爾。隨後，聖艾修伯里退役，隻身流亡美國。

1943年，他強烈要求回到法國在北非的抗戰基地阿爾及爾。上級考慮到他的身體和年齡狀況，只同意他執行五次飛行任務，他卻要求八次。誰也沒想到，1944年7月31日上午，他執行第八次，也就是最後一次飛行任務，可是飛機起飛之後，就再

也沒有回來。當時,他年僅四十四歲。

除了飛行,用寫作撫慰靈魂深處的寂寞,是聖艾修伯里的另一終生所愛。作品除了童話《小王子》(本書至今全球發行量已達五億冊,被譽為閱讀率僅次於《聖經》的最佳書籍)之外,還有小說《南方信件》(1928)、《夜間飛行》(1931)、《戰鬥飛行員》(1942)、《要塞》(未完成)、散文《人的大地》(1939,英譯《風沙星辰》)等。

由於聖艾修伯里所寫多為自傳或半自傳體作品,所以,想深入解讀《小王子》,不能不從解讀作者本人開始。聖艾修伯里是個內心深處拒絕長大的人,成長對他來說「更像是一種流放」,所以他選擇了藍天作為自己的工作場所,用英雄主義捍衛純潔。對於聖艾修伯里來說,飛行不僅是開飛機,

同時還意味著沉思和反省。他最喜歡的就是「在四千公尺高空」的那種「孤獨寂寥的感受」。

　　雖然聖艾修伯里是一個飛行員，但他不是第一個描寫航空的作家，卻是第一個從航空探索人生與文明的作家；他不滿足於只描寫飛行在滿天亂雲之中，與高山、海洋和風暴的生死角逐。他從高空中發現，人類只是生存在一個大部分是山、沙、鹽鹼地和海洋組成的星球上，生命在這裡只是瓦礫堆上的青苔，稀稀落落地在夾縫中滋長。文明像夕陽餘輝似的脆弱，火山爆發、海陸變遷、風沙都可以使它毀滅。這使聖艾修伯里形成自己的人生哲學：人生歸根究底不是上帝賜予的一件禮物，而是人人要面對的一個問題；人的價值不是與生俱來的，而是後天獲得的；「我的行動，從今以後，一個接一

個，組成我的未來」。

現在，讓我們來看看《小王子》本身在講些什麼。這是一個既美麗又傷感的故事：飛行員「我」因為飛機出了故障，被迫降落在遠離人煙的撒哈拉沙漠上。這時，一個迷人而神秘的小男孩出現了，執拗地請「我」給他畫一隻綿羊，他就是小王子。純潔，憂鬱，來自某個不為人知的小行星，愛提問題，對別人的問題卻從不回答。小王子因為與他美麗、驕傲的玫瑰鬧彆扭才負氣出走。他在各個星球之間漫遊，拜訪了國王、自負的人、酒鬼、商人、點燈人和地理學家的星球，最後才降臨到地球上，試圖尋找解除孤獨和痛苦的良方。小王子認識了狐狸，同狐狸建立友誼，也從狐狸那裡學到了人生的真諦。他決定回到他的玫瑰那裡去，但是他的軀殼

是難以帶走的，於是他決定求助於那條三十秒內就能致人於死的毒蛇……

在故事中，小王子只是一個孩子，他憑直覺行事，感覺靈敏，能夠透過事物的表面發現實質。他能看到「我」給他畫的裝在木箱裡的綿羊，和被蟒蛇吞到肚子裡的大象。與小王子的巧遇，使「我」發現，「我」已經在多大程度上失去了純眞，「我」已經多麼嚴重地被大人那騙人的世界所征服。「我」已經不能像小王子那樣透過木箱看見裡面的綿羊了。

小王子離開他的小行星，訪問了那些只住著一個居民的星球，他在旅程中發現，那些大人都極端孤獨地生活在淒涼的寂寞中。那麼，這些以爲他們的小天地就是全部宇宙的大人們，究竟缺少什麼

呢？他們缺少可以使他們互相結合起來的東西，缺少愛，缺少狐狸用「豢養我吧」所表達的思想。（只有點路燈的人是個例外，他對於哪怕是荒唐的職責也盡心盡力。若不是他的天地那麼狹小，他本來可能成為小王子的朋友。）

在故事中，狐狸的形象很特別，像個平民思想家。他的全部智慧都來自並不怎麼高尚的生活（「我追雞，人們追我」），但他因保有心靈的純潔而掌握了生活的本質（比如，他創造性地將建立友誼的過程稱之為「豢養」），從而扮演了啓發小王子的關鍵角色。

一天，他對他的狐狸朋友眞誠地說：「我本來不該聽她的，永遠不該聽那些花兒的話。只應該聞聞她們、觀賞她們。」因為小王子在地球上發現了

五千朵與他的花兒一模一樣的玫瑰，他感到十分失望。但是，他的狐狸朋友安慰他，不管怎麼說，他的花兒是獨一無二的，因為他豢養過她。狐狸還向他洩露了自己的秘密，這秘密如同一切偉大思想一樣簡單：「任何事情都一樣，眼睛可以看到的未必是真實，而真正重要的、真實的東西，是要用心去體會的。眼睛看得到的，不過是些表面的東西。」

　　就整本童話而言，這似乎是在闡述一個奇特的隱喻，因為在這裡，人們所有衡量事物的尺度都走樣了：火山，我們覺得是很大的，可是在小王子的星球上，清理火山就像清理爐子，其中一座活火山還能用來做早點。如果在小王子的小行星上暫住，就會搞亂我們所有的時間觀念，小王子只要把椅子挪動挪動，每天就能看到四十四次晚霞。在這個世

界裡，死亡意味著什麼呢？死亡僅僅意味著拋棄遺骸、拋棄外表，向著一顆星星、向著愛情、向著自己的使命升去。

作品透過小王子的經歷，闡述了對各種不同類型人物的看法和批評，提出了一些發人深思的問題，借小王子讚頌了純真的情誼和友愛。在作者看來，愛就要像小王子星球上的火山一樣熾熱，友情就要像小王子那樣兢兢業業為玫瑰花刈除惡草。

故事最後，小王子送給「我」臨別的禮物：「你會有許多會笑的星星。」「我」將會聽見他在宇宙中的一顆星星上的笑聲，會聽見所有的星星都在笑。就這樣，作品中的傷感失去了分量，死亡變得不再恐怖。

出版《小王子》美國學生版的約·米勒先生曾

經說過：「……《小王子》可以使孩子和成年人都喜歡。作品所刻意追求並表現出來的想像力、智慧和情感，使各種年齡的讀者都能從中找到樂趣和益處，並且隨時能夠發現新的精神財富。」

正是如此，本書獻給所有的孩子們，以及曾是孩子的大人。

延伸閱讀

一 《小飛俠》Peter Pan

《小飛俠》是英國著名作家詹姆斯·巴利（1860 — 1937）的童話劇和童話故事，出版於1904年。

巴利出生於蘇格蘭一個織布工人的家庭，1882年畢業於愛丁堡大學，曾經做過編輯，1885年遷居倫敦，從事新聞主筆工作，並開始創作小說。巴利早年愛好戲劇，1897年，他把他的暢銷作品長篇小說《小牧師》改編成劇本上演，並獲得成功。此後，他的大部分作品是戲劇。1928年，巴利當選為英國作家協會主席，1930年受聘為愛丁堡大學名譽校長。

《小飛俠》是巴利最著名的一部童話劇。巴利遷居倫敦後，住在肯辛頓公園附近，每天上下班都

見到一群孩子在草地上玩耍。他們用樹枝蓋小屋，用泥土做點心，扮演童話中的種種角色。巴利被他們的遊戲所吸引，也加入到其中。這些孩子一個個都成了這位作家故事中的人物，那個最活躍的男孩彼得，便成為了他童話的主角——彼得・潘。

《小飛俠》1904年12月27日在倫敦公演後，引起巨大轟動。從此，每年這一天都在倫敦上演此劇。後來，巴利把它改寫成童話故事，並被譯成多種文字，在世界各地廣為流傳。以彼得・潘的故事為內容的圖書、紀念冊、版畫、郵票風行歐美各國，每年聖誕節，西方許多國家都在電視上播放這個節目，作為獻給孩子們的禮物。

《小飛俠》之所以贏得各國大小讀者的心，原因是巴利在這部幻想作品中創造了一個十分誘人的

童話世界——夢幻島。作家極力渲染夢幻島上兒童式的歡樂，謳歌美好純真的童心。在夢幻島上，有仙女、海盜、紅人、美人魚等等人物，孩子們在那個用蘑菇當煙囪的地下之家快樂地生活。彼得與海盜、海盜與紅人之間的「大戰」，可以很鮮明地看出兒童玩打仗遊戲的影子。

　　巴利正是透過奇妙的夢幻島和不肯長大的男孩彼得‧潘，深情地告訴人們：童年是人生中最美的樂章，珍惜可貴的童年時代，讓孩子們盡情地享受那專屬於他們的歡樂。由此，我們也可以窺見作家對自然、純樸天性的熱情召喚。

2.《青鳥》L'oiseaubleu

　　《青鳥》是「比利時的莎士比亞」莫里斯‧梅

特林克最著名的代表作。《青鳥》原是直到今天仍在舞臺上演出的六幕童話劇，後經梅特林克同意，由其妻喬治特・萊勃倫克將該劇改寫成童話故事，以便更適合小讀者閱讀。

莫里斯・梅特林克（1862—1949），於1862年8月29日出生在比利時根特。他從小就愛好文學，可是他的父親希望他成為一名律師。1887年，他來到巴黎上學，開始對寫作產生興趣。不久他父親去世，於是他又回到比利時，以後就很少離開祖國。1889年，他正式從事寫作。剛開始，他並不為人們注意，可是由於他那豐富的想像和驚人的創作能力，不久便被譽為比利時的莎士比亞。《青鳥》的發表更使他在1911年榮獲諾貝爾文學獎。

梅特林克的作品除了《青鳥》以外，尚有《盲

人》、《佩利亞斯與梅麗桑德》、《蒙娜‧凡娜》和《聖安東的奇蹟》等二十餘種。

《青鳥》講述了兩個伐木工人的孩子尋找青鳥的過程。在故事中,青鳥就是幸福的象徵。通過他們一路上的經歷,象徵性地再現了迄今為止,人類為了尋找幸福所經歷過的全部苦難。作品中提出了一個對人類具有永恆意義的問題:什麼是幸福?而結論卻是出乎意料的:其實幸福並不那麼難找,幸福就在我們身邊。「大多數人從生到死,始終沒有享受過就在他們身邊的幸福」,這是由於他們對幸福始終有一種錯覺,即認為物質享受才是幸福;本書卻告訴我們,幸福乃是一顆無私的心所帶給人的精神享受。人只有為別人的幸福著想,自己才會幸福。這種幸福觀的改變,表現了作者超人的智慧,

它對一代又一代的小讀者永遠具有啓示意義。

3. 《水孩子》The Water-Babies

《水孩子》是英國19世紀作家查爾斯‧金斯萊（1819—1875）寫的著名童話，也是他的代表作。寫成於1863年，比《愛麗絲漫遊奇境》早兩年出版，被認為是英國作家中最早的兒童幻想小說。

查爾斯‧金斯萊的童年大半在英國西部沿岸的漁村度過。 1843年以優等成績畢業於劍橋大學。畢業後當了牧師，曾參與發起基督教社會主義改革運動，後任劍橋大學現代史教授。他曾經寫過多部揭露英國小工場中殘酷剝削工人的小說。

關於這部作品的寫作經過，金斯萊的女兒露絲是這樣敘述的：

　　「在一個春天的早晨，我們用早餐的時候，有人提醒我父親，說家裡三個大孩子都有他們的書了（指《希臘英雄傳》），可是，最小的弟弟，那時還不過四歲，父親曾經答應過給他寫本書，至今還沒有寫出來。父親聽了並不答話，起身進了書房，把門鎖上。過了一小時左右，他從書房裡出來，手裡拿的就是《水孩子》的第一章……」

　　金斯利不會想到，《水孩子》，他的唯一一部童話，後來被譯成各種文字，介紹到許多國家，成為世界兒童文學經典名作。

　　這個奇幻美麗的故事講述的是：湯姆是個掃煙囪的窮苦小男孩，一直過著被師父虐待的生活。一次，因為被人們誤認作賊，他在逃避追捕時，在水中沉睡了……雖然在現實的陸地生活中，人們不喜

歡他，但在水的世界裡，仙子們卻賦予他一個新的形體——身材小巧、不死的、兩棲的水孩子。他在小河裡生活了很長一段時間，增長了見識。他還在水裡結識了許多水中動物，熟悉它們的習性。但他在同水中生物的交往中，仍然表現出人類自私自利的本性。但是水中的仙子們依然用愛來教育他，使他漸漸有了改變。最後，他在游向大海的歷程中，終於學會了怎樣「以人之道待人」，懂得了不僅要用愛和人道對待自己的朋友，更要用愛和人道對待曾經傷害過自己的人。在遇到因作惡而受難的師父後，湯姆並沒有報復，而是幫助師父懺悔過去的罪惡。在做到這點的同時，他自己也成長為一個熱愛真理、正直、勇敢的人。最終，如願以償地和朋友一起去了天堂。

4.《柳林中的風聲》The Wind in the Willows

　　《柳林中的風聲》是英國作家肯尼斯・格雷厄姆（1859—1932）所著。他出生於蘇格蘭的愛丁堡，自幼生長在一處名叫庫克海姆谷的村莊。這部《柳林中的風聲》的故事場景，主要就是根據那個小村莊描繪的。格雷厄姆畢業於牛津大學聖愛德華學院，後來進入英格蘭銀行，終身為銀行職員。起初，格雷厄姆寫過一些輕鬆的散文作為消遣向期刊投稿。1893年他出版了第一部著作《異教徒文稿》，是一部描述孤兒的作品。後來陸續寫的《黃金時代》、《夢幻年代》，也都是以兒童題材為主的小說，這些作品都深得孩子們和成年讀者的喜愛。

　　在他的獨生子六歲時，他為兒子編講故事，兒子聽得入迷，暑假也不肯到外地去，他只好答應用

寫信的方式把故事繼續寫給他看。1907 年，他寫給兒子的一紮信，就是《柳林中的風聲》的基礎。

　　格雷厄姆酷愛大自然，在他筆下，對自然的描寫極其流暢、豐富。《柳林中的風聲》在 1908 年出版，被譽為英國散文體作品的典範，也是英國兒童文學的經典之作。

　　客觀地說，這是一部介於兒童文學和成人文學之間的敘事作品，不但充滿童話的想像力和虛擬風格，故事中也不乏現實生活場景，而且相當生動地表達了成人社會的行為意識。書中的主要人物是四個擬人化的動物，精幹的河鼠，恭順的鼴鼠，老成持重的獾，以及放蕩不羈的蛤蟆。

　　全書描寫住在地下的鼴鼠、住在水上的河鼠和住在陸上的獾及癩蛤蟆的田園生活，以及他們之間

的感人友誼，故事情節曲折有趣。主角是大腹便便的癲蛤蟆闊少，他為人大方、好客，但愛趕時髦，揮霍無度，吹牛不著邊際。他開車撞人被關進監獄，後來扮作洗衣婦越獄……

蛤蟆在英格蘭鄉間的冒險經歷是書中最精采的部分，實際上也是故事的主線。他從玩車到偷車，再由入獄到逃跑，隨之被人追捕，正是這一系列情節串起了大半部小說，而另外三個朋友對他的規勸、懲戒和真誠的幫助，則不時地交織其中。

獻給里昂・維德

我希望所有的孩子都能原諒我，因爲我把這本書獻給了一個大人。我這樣做是有理由的：第一個理由是，這個大人是我在這個世界上最好的朋友；第二個理由是，他什麼都懂；那麼，第三個理由是什麼呢？那就是，這個大人住在法國，他在那裡挨餓受凍，非常需要別人的安慰。如果這些理由還不夠充分的話，那麼我就把這本書獻給小時候的他吧。所有的大人也曾經都是小孩，儘管他們大多已經不記得了。因此我現在把致詞修改爲：

獻給孩提時代的里昂・維德

1

在我六歲的時候，看過一本描寫原始森林的書，書名叫《眞實的故事》，書中有一幅非常美麗的圖畫。它畫的是一條大蟒蛇正在吞食一頭猛獸。你看，那幅畫就是這樣的。

書中這樣寫道：「蟒蛇抓到這頭猛獸，然後整個吞了進去，連嚼都不嚼一下，接著就一動不動地躺上六個月來消化肚子裡的食物。」

那時，原始森林中的那些驚險故事總是在我腦海裡打轉，於是，我用彩色鉛筆畫出了我的第一張畫。我的第一張畫就是下面這個樣子。

我把我的傑作給大人們看，並問他們怕不怕。

他們回答我說：「一頂帽子有什麼好怕的？」

可是我畫的並不是一頂帽子，而是一條大蟒蛇，它正在消化它肚子裡的那頭大象呀！為了讓大人們一看就明白，我又把大蟒蛇肚子裡的東西也畫

了出來。這些大人眞笨，一件事總是要讓人解釋來
解釋去才能明白。下面就是我的第二幅畫。

　　大人們都勸我，不要老是畫什麼打開或沒打開
肚子的大蟒蛇了，還是把心思用在多學點地理、歷
史、算術和語法知識吧。就這樣，在我六歲時，我
就放棄了成爲畫家的偉大生涯。因爲我的第一幅畫
和第二幅都不太成功，我也就沒信心了。這些大人
實在太笨了，非得要孩子們一遍一遍解釋給他們聽
才明白，眞是煩死了。

　　沒有辦法，我只好另外選擇職業，於是我學會
了開飛機。我開著飛機幾乎飛遍整個世界。以前學

過的地理知識這時幫了大忙：哪裡是中國，哪裡是美國的亞利桑那州，我一眼就能認出來。如果你在夜裡迷航的話，這些地理知識就顯得更有用了。

在這樣的職業生涯裡，我跟許許多多重要人物打過交道。我花了很多時間跟大人們接觸，也曾經很仔細地觀察他們。很遺憾的是，我發現我並沒有對他們增加更多的好感。

每當我遇到一位我認為稍微聰明的人時，就把一直保存在身邊的第一幅畫試著讓他看看，看他是不是真的能明白。可惜每次的回答還是老樣子：「這是一頂帽子。」於是我壓根不跟他提蟒蛇、原始森林和天上的星星什麼的，只是說些他熟悉的事情。我跟他談打橋牌、打高爾夫球什麼的，有時還聊聊政治，要不然就扯到領帶上去。這樣一來，我們就會很談得來，他也挺高興，因為他覺得認識了一位有教養的人。

2

就這樣，我一個人孤獨地生活著，找不到一個真正可以交心的人。直到六年前，我在撒哈拉沙漠發生飛行意外，才改變了這一切。

那次，我的飛機引擎出了點毛病，被迫在撒哈拉沙漠降落。當時既沒有修理技師在旁邊，也沒有路人經過，只能自己動手試著修修看。可是我帶的水只夠喝一星期，能不能支撐下去還是個問題。

第一天晚上，我就睡在這遠離人間煙火的大沙漠中。那滋味，比在大海中伏在小木筏上的遇難者還要孤獨。所以，你完全可以想像，第二天早上，當我被那個奇怪而又微弱的聲音吵醒時，我有多驚訝。那個細小的聲音說：

「請……請給我畫一隻羊吧！」

「什麼？」

「幫我畫一隻綿羊。」

我像被雷電擊中一樣，一躍而起。我使勁地揉了揉眼睛，仔細一看，是一個十分奇特的小孩子，正睜大眼睛注視著我。

這是他的畫像，是我後來盡了最大的努力畫的。不過，他本人要比這張畫像好看得多。然而這並不是我的錯。早在六歲那年，我的繪畫天才就被那些大人們給毀了，除了畫過打開和沒打開肚子的大蟒蛇之外，就再也沒畫過別的東西了。

我目瞪口呆地站在那兒，看著這個突然出現的、像幻影一樣的小傢伙。別忘了，我當時迫降在方圓千里罕無人跡的沙漠上。而眼前這個小人兒看起來既不像是在沙漠裡迷路，也不像疲憊、饑餓、口渴或害怕的人，況且從他的身上一點都看不出迷路孩子的跡象。當我在驚訝之餘能說出話來的時

候，我問他：「你在這兒做什麼？」

　　他並沒有回答我的問題，而是緩緩地重複著他剛才所說的話，彷彿在說一件很重要的事，「拜託！幫我畫一隻綿羊。」

　　當一個人被某種神秘力量震懾住的時候，他絕對不敢不服從。在廣無人煙的沙漠上，又面臨著死亡的威脅，儘管這樣的舉動使我感到十分荒誕，我還是從口袋裡掏出一張紙和一支筆。這個時候，我才想起，我把主要精力都花在地理、歷史、算術和文法這些科目上了。於是我告訴這個小傢伙我不知道該怎麼畫。他回答說：

　　「不要緊，幫我畫一隻綿羊。」

　　可是我從沒畫過綿羊呀！我只畫過那兩張畫。於是，我給他畫了其中的一張，就是那條沒打開肚子的蟒蛇。

　　「不是，不是，我不要這種蟒蛇把大象吃進去

的圖。」這小傢伙接著所說的話真是讓我目瞪口呆，他說：「蟒蛇太危險，大象又太大了。我是從很小的地方來的，每樣東西都很小。我要一隻綿羊，幫我畫一隻綿羊。」

我只好照他的意思畫了一隻羊。

他仔細地看了我的畫，然後說：「不好，這隻綿羊太瘦弱，再重新畫一張吧！」

於是我又畫了一張。

這次，他溫和且靦腆地笑著說：「你看，你畫的不是小羊，是一隻公羊，還有犄角呢！」

於是，我又畫了一張。

但是這張畫也和先前那幾張的命運一樣，被拒絕了。

「這隻太老了！我要一隻可

以活得久一點的羊。」

　　於是，我開始不耐煩了，我急著想拆開飛機的引擎。因此隨便畫了這張圖，丟下一句話：「這是裝羊的箱子，你要的那隻羊在裡面。」

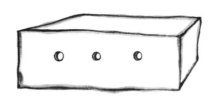

　　然而，我卻很驚訝地看到我的小評論家臉上閃露出欣喜的光芒：「這正是我想要的！你說，這隻羊需不需要餵很多草給它吃呢？」

　　「什麼意思？」

　　「因為在我家鄉，每樣事物都很小。」

　　「箱子裡已經有足夠的草了，」我說，「我幫你畫了一隻非常小的綿羊。」

他低下頭來看著畫：「沒那麼小！你看！牠睡著了。」

就這樣，我認識了小王子。

3

我用了好長時間，才搞清楚小王子真正來自何方。

這個總是向我問這問那的小傢伙，好像從來也不回答我的問題。只是漸漸的，從他不經意的話語中，才能知道一些關於他來自何處的消息。

例如，小王子第一次看到我的飛機（我沒有在這裡把飛機的樣子畫出來，因為它對我而言實在是太複雜了）會問我：「這個東西是什麼呀？」

「那可不是什麼東西，它可是一架飛機，會飛的飛機，我的飛機。」說到這個，我非常驕傲地告

訴小王子，我會開飛機在天空飛。

　　沒想到，小王子吃驚地叫了起來：「啊！原來你是從天上掉下來的呀！」

　　「就算是吧。」我很謙虛地回答。

　　「哇！太有趣了……」小王子咯咯地笑了起來，這可真讓人生氣。我認為我的不幸遭遇應該被認真而嚴肅地看待。但小王子仍然繼續著他的話題：「這麼說，你也是從天上來的，那麼你是從哪個星球來的呢？」

　　聽到小王子的話，就好像得到了一束光線，它的亮光直直地

射進小王子從何而來的秘密裡。

我趕緊接著問：「那麼你是從另一個星球來的嗎？」

他一邊輕輕地晃動腦袋，一邊注視著我的飛機，「原來你就是乘這個來的，那你不可能從很遠的地方來……」

接著很長時間，小王子似乎陷入了沉思和想像，然後他把我畫給他的綿羊從口袋裡拿出來，小心翼翼地看著，就像瞧著一件寶物似的。

你們大概可以想像，我對小王子談到的「另一個星球」是多麼的好奇。我試著想多瞭解他一點。

「小傢伙，你究竟是從哪裡來的呢？」

「你住的星球在哪裡？」

「你要把我的綿羊帶到什麼地方去？」

小王子很安靜地思考著，然後對我說：「你送我的這個盒子真好，晚上可以當作屋子給我的綿羊

住。」

「就是呀！告訴你，要是你乖乖的，我就再教你一個辦法，就是白天也能把你的綿羊拴住的好辦法，另外再畫個樁子，好把它拴住。」

聽完我的建議，小王子看起來並不開心：

「把羊拴起來？多荒謬的想法！」

「如果你不把它拴起來，它就會到處跑，跑丟了怎麼辦？」

小王子又咯咯地笑起來，「但是你認為它能跑到哪裡去呢？」

「跑到哪兒都有可能呀！可能就那麼一溜煙地向前跑不見了呢。」

小王子認真地對我說：「沒關係，我住的地方太小了。」

帶著淡淡的傷感，小王子又繼續說：「在我住的地方，就算一直向前走，也走不了多遠。」

4

就這樣，我又瞭解了小王子的第二個秘密：他所居住的那個星球很小很小，幾乎與一座房子的大小差不多。

我一點也不覺得奇怪。因為除了地球、木星、火星、金星這些已命名的大行星以外，還有成千上萬的小行星，有些甚至用望遠鏡都難以看到。天文學家如果發現了哪一顆，除了給它取名字之外，還要給它編號，比如把它叫做「3251號小行星」。

我有充足的理由相信，小王子來自「B612號小行星」。1909年，一位土耳其天文學家在望遠鏡裡

觀測到這顆小行星。於是，他在一次國際天文學大
會上，把他的發現做了出色的報告。但是，由於他
當時穿著一身土耳其民族服裝，因此沒有一個人相
信他的這個發現。大人們就是這樣。

　　幸運的是，為了挽回「B612號行星」的名譽，
土耳其的獨裁暴君強迫他的臣民穿上西式服裝，凡
有違反，一律處死。

1920 年，那位土耳其天文學家穿著一套時髦而筆挺的西裝，再一次論證了他的發現。這一次就得到了大家的認可。

　　我之所以這麼詳細地向你們介紹「B612 號小行星」，甚至連它的編號也告訴你們，那都是因為大人們的原因。他們對數字有特殊的偏愛。

　　當你對他們介紹一個新朋友時，他們從來不會

向你打聽最應該問的事，也不會這樣問你：「他說話的聲音怎麼樣啊？他喜歡玩什麼樣的遊戲呀？他採集蝴蝶標本嗎？」他們會問：「他幾歲啦？他有幾個兄弟呀？他體重多少呀？他的爸爸有多少收入呀？」他們認為這麼問，就可以瞭解這個人了。

如果你對他們說：「我看見了一座漂亮的粉色磚房，窗前開著繡球花，成群的鴿子落在屋頂上……」那他們怎麼也想像不出這幢房子是什麼樣子的。你得跟他們這樣說：「我看見了一座房子，它值十萬法郎。」這時他們就會大聲叫道：「天啊！多麼豪華漂亮啊！」

同樣，如果你對他們說：「有個可愛的小王子，總是笑瞇瞇地看著你，而且他還想要一隻綿羊呢！正因為他想要一隻綿羊，就足以確實證明小王子的存在。」

這時，大人們只會聳聳肩膀，把你當作不懂事

的小孩子。相反，如果你對他們說：「小王子是從B612小行星上來的。」他們就會對此確信不疑，再也不會用他們的問題來煩你了。大人們就是這樣，所以也不必大驚小怪。孩子們應該對大人們寬容一些。

當然啦，我們懂得生活，所以不會把那些數字放在心上。我真想把這個故事像講童話一樣講給別人聽。最好是這樣開頭：

「從前，有一個小王子，住在一個幾乎與他同樣大小的小行星上，他很想找一個朋友……」

對於真正懂得生活的人來說，這樣講他們會覺得更真實一些。

提起這些往事，我覺得有些傷感。六年前，我的朋友帶著他的綿羊一起離開了我。而現在我在這裡之所以要這麼認真地描述他，為的是不致於忘記他。忘掉一個朋友是令人悲傷的。並不是每個人都

會有朋友。再說，我也可能會變成像那些大人一樣，只對數字感興趣。我不願意別人用輕率的態度來讀我的書。我要盡力把它寫好，為此我還買了一盒顏料和幾支鉛筆準備畫插圖。可是，我除了畫過那個打開和沒打開肚子的蟒蛇之外，還沒有畫過別的東西，而以我現在的年紀，要再重新提筆畫畫，實在是太難了。當然啦，我要儘可能把他畫得逼真生動，但是我也沒有把握能夠如願。我畫了兩張，一張還可以，另外一張就不太像。人體的比例有時也掌握不好。小王子不是在這兒顯得太大，就是在那兒顯得太小。而他衣服的顏色也讓我為難，不知該畫上什麼顏色。於是我試來試去，畫得時好時壞，現在大家看到的算是最好的了。也許在某些重要的細節上我搞錯了，這一點，還請大家多多原諒。我的朋友從來沒有給我任何解釋，也許他認為我和他是一樣的人。不幸的是，我無法透過箱子上

的木條縫來看羊長什麼樣；而隨著時間的流逝，我也長大了，和那些大人們一樣。

5

日復一日，藉著交談，每天都讓我對小王子的瞭解多一點，關於他居住的小行星，他的出走和他的旅行。所有這一切都是他不經意透露出來的。就這樣，第三天我知道了關於猿猴麵包樹的事情。

這一回還真多虧了小羊。因為小王子突然對一件事產生了極大的懷疑，他突然問我：「羊吃灌木，這是真的嗎？」

「對啊！」

「喔！那很好！」

我不明白為什麼羊吃小灌木這件事如此重要。

小王子接著說道：

「這麼說，它們也吃猿猴麵包樹嘍？」

我向小王子解釋說，猿猴麵包樹可不是小灌木，而是像教堂那麼大的大樹，即便是帶回一群大象，也吃不了一棵猿猴麵包樹。

一群大象啃猿猴麵包樹這種想法讓小王子發笑：「那可得把這些大象一隻一隻地疊起來。」

但是他又很聰明地繼續說：

「猿猴麵包樹在長大之前也很小的呀！」

「不錯。可是你為什麼想叫你的羊去吃小猿猴麵包樹呢？」

他說：

「唉！那還用說嗎？」

似乎這是再明白不過的事情。可是要我自己弄明白這個問題，就要絞盡腦汁了。

　　原來，小王子居住的星球也像其他所有星球一樣，長著有用的植物和不好的植物，所以，也就有好的種子跟壞的種子。然而，種子是看不到的，它們埋在土地深處，直到有一天其中一顆突然甦醒，把頭伸出地面。剛開始時，這顆小種子會羞怯地伸伸懶腰，然後，毫無威脅性地朝太陽伸出一株青嫩可愛、嬌小玲瓏、不傷人的幼苗來。如果長出來的是蘿蔔或玫瑰的嫩芽，就可以讓它們自由生長。可是，如果是一棵壞苗，一旦認出來，就應該立刻把它拔掉。

　　在小王子的星球上，就有一些可怕的植物種子——猿猴麵包樹種子。它們密布在星球的土壤裡，如果不趕快拔掉它的幼苗，就再也無法徹底清除，猿猴麵包樹就會將根鑽入泥土裡，覆蓋整個星球。

61

並且，如果星球太小而猿猴麵包樹太多的話，整個星球就會碎裂掉……

「這是個紀律問題。」小王子後來向我解釋道，「一個人早上盥洗結束後，就得認真打掃自己的星球，必須按規定及時拔掉猿猴麵包樹苗。這種樹苗小的時候與玫瑰苗差不多，一旦可以區別出來，就要立刻把它拔掉。這種工作雖然很無聊，卻相當簡單。」

有一天，他建議我盡力嘗試畫一張漂亮的畫，給地球上的孩子們看，好讓他們瞭解這一切。

「如果有一天他們去旅行的話，可能會有用。」他又說：「有時候，有些工作拖到以後再做也沒關係；但是，如果遇到猿猴麵包樹的話，就會造成大災難。我知道曾經在一個行星上，住著一個懶骨頭，他疏忽了拔那三株猿猴麵包樹苗，結果……」

於是，根據小王子的說明，我把這個星球畫了

下來。我從來不喜歡裝腔作勢，擺出一副道學面孔訓人，但許多人對猿猴麵包樹的危害認識不足，對一個要漫遊小行星的人來說，風險卻是那麼大。因此，這一回，我打破自己不喜歡教訓人的慣例，對大家說：「孩子們，要當心那些猿猴麵包樹呀！」

為了向朋友們發出警告，讓他們提防早已威脅我們的危險──而他們和我一樣，對這樣的危險一無所知──我對這幅畫下足了功夫。要是能使大家對此有所警覺的話，我費再大的心去做也是值得的。現在，你可以瞭解為什麼在這本書裡，再也找不出任何一張像猿猴麵包樹這麼令人印象深刻的畫了。別的畫我也曾經試圖畫得好些，卻沒有成功。而當我畫猿猴麵包樹時，卻有一種急切的心情在激勵著我。

6

哦！小王子，漸漸地，我瞭解你淡淡感傷的秘密了。長久以來，落日的溫柔成了唯一能讓你開心的慰藉。這是第四天的早上，我才知道的。那時你對我說：

「我喜歡夕陽，和我一起去看夕陽吧。」

「但我們得等待呀！」

「等待什麼？」

「等太陽下山啊，我們得等到時間才能看呀！」

聽到這些，小王子起先一臉驚詫，然後就嘲笑起自己來。

「我總還以為是在自己的星球呢。」

事實上，大家都知道，美國的正午，正是法國日落時分，如果那時想在法國看落日，就得立刻從

美國飛過來。不幸的是，法國太遠了。但在你小小的星球上，我的小王子，你只需要把椅子挪幾步，隨時都可以看到夕陽。

「有一天，」你說，「我看了四十四次夕陽。」

一會兒又補充道：

「你知道嗎，一個人難過的時候，就會喜歡夕陽……」

「那麼你那時很難過嗎？就是你看了四十四次夕陽的那天？」

小王子沒有回答。

7

第五天，還是多虧了那隻小綿羊，是它幫我揭開了小王子生活的秘密。好像經過很長時間的思考，對一個問題有了成熟的見解一樣，他突然直截了當地問我：

「如果綿羊吃灌木的話，那它肯定也吃花兒吧？」

「只要是到它嘴邊的東西，它都吃。」

「連帶刺的花兒也吃嗎？」

「是的，帶刺兒的花兒也吃。」

「那麼，那些花兒長刺也沒有什麼用了？」

我不知道該怎樣回答。當時我正忙得不可開交，想把一顆鎖得太緊的螺絲從馬達上卸下來。我心裡非常著急，因為故障看來十分嚴重，我帶的水又快喝光了，我擔心自己要碰上大麻煩了。

　　「那刺還有什麼用呢？」

　　小王子只要一提問題，就要一問到底。我正被那個該死的螺絲攪得團團轉，就隨便答了一句：

　　「那些刺什麼用也沒有，它們只是隨便長在花上的。」

　　「哦！」

　　稍停了一會兒，他氣沖沖地對著我說：

　　「我不相信你的話！花兒美麗燦爛，弱小而且嬌氣，她們盡可能地保護自己。她們相信有了刺就可以抵禦……」

　　我沒吭聲，心裡想著：

　　「要是這個螺絲擰不下來，我就用錘子把它敲

下來。」

小王子這時又一次打斷了我的思路。

「那麼你相信這花……」

「不！不！我什麼也不相信！我什麼都沒說，你不是看見我正忙著嗎？我還有正經事要幹呢！」

他驚訝地看著我。

「正經事？」

他見我手裡拿著錘子，手上沾滿了烏黑的油污，正在彎身敲打一個他看來奇醜無比的東西。

「你說話就跟那些大人一樣！」

他的話使我感到慚愧。但他仍然不留情面地繼續說：

「你把一切都搞混弄亂了。」

他氣得臉色通紅，金黃色的頭髮在風中飄動。

「我現在要告訴你，有一個星球，上面住著一個紅臉先生，他從來沒有聞過花香，也從來沒看過

星星，他根本就沒愛過任何人。除了整天運算加法外，他什麼也沒做過。他一天到晚像你一樣老是說：『我是個正經人！我是個嚴肅認真的人！』他驕傲得不得了。他才不像人！只能算是一個蘑菇。」

「一個什麼？」

「蘑菇。」

這時，小王子已氣得臉色發白：

「千萬年來，花梗上就長著刺。千萬年來，綿羊照樣把花吃掉。但為什麼花兒們辛辛苦苦長出來的刺卻沒用，難道想弄清楚這一點不是嚴肅的事嗎？難道羊和花之間的戰爭不重要嗎？這難道不比紅臉先

生的加法更嚴肅、更重要嗎？比如說，我知道宇宙中有一朵絕無僅有的花，除了在我的星球上，別的地方都沒有。突然有一天早上，一隻小小的綿羊竟糊裡糊塗地一口把她吃了，而從此她就消失了，這難道還不嚴重嗎？」

他的臉漲得通紅，情緒激動地繼續說：

「如果有個人喜歡一朵全宇宙獨一無二的花，那麼他在仰望滿天繁星時，就會感到莫大的幸福。他會自言自語地說：『我的花兒就在遠處的那顆星星上……』但是，如果來了一隻綿羊卻把她吃掉了。那麼這對他來說，無疑等於滿天的星星一下子消失了，這難道還不嚴重嗎？」

他再也說不下去了，緊接著就失聲痛哭起來。夜幕已經降臨。我丟下手上的工具，什麼錘子、螺絲，什麼乾渴呀，死亡呀，都不重要了。因為在一個星球上，在一顆星星上，在我的地球上，有一個

小王子需要安慰。我把他摟在懷裡，撫摸著他，然後對他說：

「你喜歡的那朵花會沒事的，……我會給你的綿羊畫上嘴套，……再給你的花畫一圈圍籬……我……」

我笨拙地不知該說什麼好，我不知道怎樣才能安慰他，不知怎樣才能與他的心靈相通。

8

很快地，我對那朵花有了更多的瞭解。在小王子生活的行星上，長著很樸素的單瓣花，這些花非常小，一點兒也不占地方，也不擾人，在草地

上朝開暮落。然而有一天，不知從哪裡吹來一粒種子，小王子非常仔細地觀察它，因為這株花芽跟他以前看過的嫩芽都不一樣——這可能是新品種的猿猴麵包樹。

　　沒多久，這株小植物就停止生長，開始準備開花了。看到在這棵苗上長出了一個很大很大的花蕾，小王子感覺到從這個花苞中一定會出現一個奇蹟。然而，這朵花卻仍舊在她綠瑩瑩的屋子裡精心打扮。她謹慎地選擇顏色，並且逐一地調整花瓣的角度，她可不想像罌粟花那樣，冒出來就皺皺的。她要讓自己帶著光豔奪目的丰采來到世間。

　　噢！是的，她嫵媚極了！總而言之，她花了好幾天時間做準備，然後，在一個陽光明媚的早晨，她突然拆開了面紗，悄悄地綻放了。

　　她已經煞費苦心仔細打扮了這麼長時間，卻打著哈欠說：

「啊……嗯……我還沒睡醒哪！我的花瓣還亂糟糟的。」

然而小王子已經忍不住讚歎說：

「啊！妳是多麼的美。」

「可不是嘛？」花兒溫柔地回答，「而且我是與陽光同時誕生的呀！」

小王子看出這花兒不太謙虛，可是她確實風姿綽約，千嬌百媚。

「我想現在該是早餐時間了，」她隨後說，「如果你對我好，你應該想到我的需要。」

小王子為自己的疏忽感到非常慚愧，於是趕緊走出去，打來一壺清涼的水澆灌花兒。

不久，她愛慕虛榮的性情就開始折磨他了。譬

如，有一天，她跟小王子講起身上長的四根刺：

「老虎要來張牙舞爪就讓它們來吧，我才不怕它們。」

「我的行星上沒有半隻老虎，」小王子不以為然地說，「再說，老虎也不喜歡吃草。」

「我才不是草呢！」花兒柔聲柔氣地說。

「對不起……」

「我不怕老虎，不過，我沒辦法忍受風。你有沒有屏風？」

「不能忍受風對一株植物來說，真是不幸。」

小王子心裡想著：

「這真是一朵複雜的花。」

「晚上，我想請你為我準備一個玻璃罩。你這兒可真冷，一點都不乾淨，我從前住的地方……」

她沒有說下去。她來的時候只不過是一粒種子，哪裡見過什麼別的世界。她發現自己說漏了嘴，馬上假裝咳嗽來轉移小王子的注意力。

　　她說道：

　　「屏風呢？」

　　「我正要去找屏風，是妳拉著我說話呀！」

　　於是，她乾脆再多咳幾下，存心讓小王子內疚不安。

　　儘管小王子對她全心全意地關愛著，但她的做作令他生疑。他是個做事一絲不苟的人，常把無關緊要的閒話當眞，難免會招來不少麻煩。

　　「我眞不該聽她的話，」有一天他告訴我，「人不應該聽花說些什麼的，只要觀賞她們，聞聞她們的花香就夠了。那朵花使整個星球充滿花香，我卻不懂得享受；關於老虎爪子的事，本應該讓我產生同情，我卻反而生她的氣。」

　　他對我傾吐自己內心的秘密。

　　「我那時什麼也不懂！我應該根據她的行為，而不是根據她的話來判斷她。她讓我的生活充滿香氣、充滿色彩，我眞不該離開她的……我早該猜到，在她那可憐的小心機之下隱藏著繾綣柔情。花都是那麼的矛盾！可是，我畢竟太年輕了，不知該如何去愛她。」

9

　我想，小王子大概是利用一群候鳥遷徙的機會跑出來的。在他出發的那天早上，他把他的星球收拾得整整齊齊，把星球上的活火山打掃得乾乾淨淨——他有兩座活火山，做早餐時很方便。他還有一座死火山，但是，就像小王子說的，「誰也不知道會發生什麼事！」為了預防萬一，他把死火山也清理了。火山爆發就和煙囪著火一樣，打掃乾淨了，它們就會慢慢地有規律地燃燒，而不會突然爆發。當然，地球上的人太小，不能打掃火山，所以火山給我們帶來很多很多麻煩。

　帶著揮之不去的憂傷，小王子剷除了猿猴麵包樹的最後一棵幼苗。他覺得自己不會再回去了。但就在最後的早晨，所有這些已經再熟悉不過的工作，

79

對小王子來說卻變得無比的珍
貴。他給花兒澆了最後一次水，
在準備罩上花的玻璃罩時，他意識
到，眼淚就要奪眶而出了。

「再見了。」小王子
對花兒說。

但花兒沒有回應小王子。

「再見吧。」他又說。

花沒有感冒卻咳嗽起來。

「我一直都很傻，」花兒對他說，「請原諒
我，試著開心一點吧……」

小王子十分驚訝，花兒竟然不怪他，也沒有絲
毫抱怨。他無助地站在那裡，提著玻璃罩，他無法
理解這種靜謐的甜蜜。

「當然，我愛你。」花兒對小王子說，「你一
直都不知道，是我的問題，但這已經不重要了。可

是你卻和我一樣的蠢，試著快樂一些吧。玻璃罩拿走吧，我不再需要了……」

「可是風……」

「我的感冒可沒那麼重，就像……所以……晚上儘管有些冷，但那些新鮮空氣是有益的。我可是一朵花呀。」

「但是那些動物……」

「是呀，如果我希望欣賞蝴蝶的美麗，就得要忍受那兩三隻毛毛蟲呀！但是如果沒有蝴蝶，那還有誰來看我呢？它們也是很漂亮的嘛。要是野獸的話，我也不怕它們，我有武器吶！」

說著，花兒就展示了自己的武器——她身上的四根刺。她補充說：「別太牽掛什麼，你已經決定的事就去做吧……」

花兒不願意讓小王子看到她的眼淚，因為她是一朵自豪而且驕傲的花。

10

　　小王子來到了 325 號、 326 號、 327 號、 328 號、 329 號和 330 號小行星周圍。為了找點事做，也為了學點知識，他開始逐一訪問這些星球。

　　第一個星球上住著一位國王。他身穿紫紅色的貂皮長袍，坐在既高大又簡樸而且非常帝王氣派的王座上。

　　「啊，看呀！來了一個臣民。」

　　國王一看見小王子便高聲喊道。

　　小王子心想：

　　「他從來沒有見過我，怎麼會認識我呢？」

　　他哪裡明白，對於國王來說，世界是再簡單不過的了。天下所有的人都是他的臣民。

　　「走近點兒，讓我好好看看你。」

國王對他說，他為多了一個臣民而趾高氣揚。

小王子環視四周，想找個地方坐下，可是整個星球都被那華麗的貂皮長袍蓋滿了，他只好站在那裡。由於旅途辛勞，他不由得打起了哈欠。

「在國王面前打哈欠，這是違反禮儀的。」這位國王對小王子說，「我不准你打哈欠。」

「我控制不住自己。」小王子有些難為情地回答，「我走了很遠的路，而且一直沒睡過覺。」

「那麼好吧。」國王說，「我現在命令你打哈欠。我已經好多年沒見過人打哈欠了。對我來說，打哈欠也是件新鮮事。來吧，再打一個。這是命令！」

「這可真有點嚇人……我沒辦法……」小王子滿臉通紅低聲地說。

「嗯！嗯！」國王說：「那麼，我……我現在就命令你一會兒打哈欠，一會兒不打……」

他嘴裡不停地嘟囔著，看樣子很生氣。

因為國王認為，最重要的是他的權威，他不能允許有人違抗他的命令。他是一個專制君主──但由於他心地還算善良，所下的命令倒也合乎情理。

「我可以坐下嗎？」小王子膽怯地問道。

「我命令你坐下。」

　　國王回答說，同時威嚴地拉了拉他那貂皮長袍的下擺。

　　小王子很驚訝，這個星球簡直小得不能再小了。這個國王有什麼好統治的呢？

　　「陛下……」他對國王說，「請原諒我向您提個問題。」

　　「我命令你向我提問題。」國王急忙說。

　　「陛下……您統治什麼呢？」

　　「統治著一切。」國王非常簡單地回答。

　　「統治著一切？」

　　國王隨手指了指他的星球、其他的星球以及滿天的星星。

　　「統治著這一切嗎？」小王子問道。

　　「是的，統治這一切！」國王回答。

　　這樣的話，他不僅僅是一位國王，而且還是一位宇宙之王呢！

「您說那滿天的星星都歸您管？」

「那當然。」國王對他說，「只要我下命令，所有的星星都得服從，若有違抗，我決不留情。」

這樣的權力真讓小王子感到吃驚和羨慕。要是他自己有這麼大的權力，就不用再挪動那把椅子，一天之內不只能看見四十四次落日，而是七十二次，甚至可以看一百次或兩百次了。這時，他想起了被他拋棄的那個小行星，不免有些傷感，於是他鼓起勇氣請求國王：

「我想看一次日落，請您好心讓我如願吧……請您命令太陽落下去……」

「如果我命令一個將軍像蝴蝶一樣，從這朵花飛到那朵花，或者讓他變成一隻海鳥，而這個將軍又不執行命令，你說說看，是他錯了，還是我錯了？」

「當然是您錯了。」

小王子直截了當地回答。

「完全正確。我們只能要求別人做他力所能及的事情。」國王繼續說道：「權威首先是建立在理智的基礎上。假如你命令你的臣民衝向大海去自殺，他們就會起來反抗。我有權要求他們服從我，因為我的命令是合情合理的。」

「那麼，我看日落的事呢？」小王子突然想起此事，只要他曾經提出過的問題，得不到答覆他是不會罷休的。

「噢，你要看日落嘛，會看到的。我會命令它下山的。不過，根據我的治國經驗，我要等到時機成熟才行。」

「那要等到什麼時候呢？」小王子問。

「嗯！嗯！」國王先翻了翻一本厚厚的大日曆，然後說：「嗯！嗯！大約在……在……大約在今天晚上7點40分左右。到時候你就會看到的，星

星們都是很聽話的。」

　　小王子又打了一個哈欠。因為沒看到日落，他感到有點掃興，同時又覺得有點無聊。

　　「我在這裡已經沒什麼事了。」他對國王說，「我要走了。」

　　「別走！」

　　有人來當他的臣民，國王非常得意，怎麼能容許他輕易就走掉呢？

　　「別走，我封你做我的大臣！」

　　「什麼大臣呀？」

　　「司……司法大臣！」

　　「可是這裡沒有人需要審判啊！」

　　「不一定吧，」國王對他說，「我還沒有巡視過我的國土。我太老了，走不動了……這裡連放一輛馬車的地方都沒有。」

　　「哦，我已經看到了。」小王子探了探身子，

向星球的另一邊看了看說：「那邊也沒有人呀……」

「那麼你就審判自己吧。」國王回答他說，「這是最難的事了，自己評判自己要比評判別人難多了。如果你能做到正確評判自己，那就是一個真正的智者啦！」

「我自己，」小王子說，「我在任何地方都能評判自己，何必非在這裡不可呢？」

「哦！哦！」國王說，「我想起來了，在我星球上的一個什麼地方，有一隻很老的大老鼠，夜裡我經常能聽到它出來活動。你可以去審判這隻老鼠。你隨時可以判它死刑，它的性命掌握在你的手裡。但……為了留它一條活命，每次判死刑之後，你都要赦免它。因為我這裡就只有這麼一隻老鼠了。」

「我才不喜歡給誰判什麼死刑呢，我想我現在該走了。」

小王子說。

「不行。」

國王說。

但小王子已做好離開的準備，而他又不想讓這位年邁的國王難過，就說：

「如果陛下希望人們對您唯命是從的話，那麼您可以下一道合乎情理的命令。比如說，您可以在我走之前一分鐘下令讓我離開。我覺得條件已經成熟了。」

國王默不做聲。小王子猶豫了一會兒，接著歎了口氣就出發了。

「別走！我封你作我的大使。」國王在後面喊道。

他擺出一副很威嚴的樣子。

大人們真奇怪，一路上小王子一直這麼想著。

11

第二顆星球住著一個自負又虛榮的人。

「啊!太好了!有一個仰慕者要來拜訪我了!」他遠遠地看見小王子就高聲喊著。

在那些自負的人眼裡,別人都是他們的崇拜者。

「您好!」小王子說:「您戴的帽子好奇怪喲!」

「那是給人答禮用的。」自負的人回答說,「別人向我喝彩時,我就脫帽致意。只可惜這條路從來沒有人走。」

「這樣子啊!」小王子說。他不知道這個男人在講些什麼。

「快點拍手。」這個自負的人告訴他。

小王子於是拍手。自負的人舉起帽子，態度謙恭地行禮。

「這比拜訪那位國王好玩多了。」

小王子心想，於是又多拍幾次手，自負的人又舉帽子行禮。

玩了五分鐘，小王子就開始厭倦了這種單調的把戲。

「要怎麼做，你才會把帽子丟掉呢？」

小王子問。

自負的人沒有聽見他的話，因為像他們那種人，只聽得見讚美的聲音。

「你真的很崇拜我嗎？」他問小王子。

「崇拜是什麼意思啊？」

「崇拜的意思，就是你認為我是這個行星上最帥、最會穿衣服、最有錢、而且是最聰明的人。」

「可是，你的行星上就只有你一個人啊！」

「那你就幫我一個忙，崇拜我一下嘛。」

「好吧！」小王子輕輕地聳了聳肩，「我就崇拜你吧。但這有什麼好讓你高興的呢？」

小王子說完就走了。

「大人還真的是很奇怪！」小王子一邊趕路一邊對自己說。

12

接下來的這個星球上住著一個酒鬼。這次訪問十分倉促，卻讓小王子覺得心灰意冷。

「您在幹什麼呢？」小王子問他。

在酒鬼的身邊堆放著很多空酒瓶，還有許多沒打開的酒。

「你沒看見我在喝酒嗎？」酒鬼陰沉著臉，暗淡地回答著。

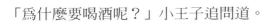

「爲什麼要喝酒呢？」小王子追問道。

「這樣我就可以忘記。」酒鬼說。

「您要忘記什麼呢？」小王子同情地問道。

「忘記那些我自己感到慚愧的事情。」酒鬼
低下頭，坦然地承認。

「有什麼事情值得慚愧呢？」小王子這麼說
是希望能夠幫助酒鬼。

「因爲我喝酒！」

酒鬼醉倒了，結束了他和小王子的對話，陷入深深的沉默中。

小王子在疑惑中離開了這裡。

「大人們肯定都是極其古怪的。」

小王子自言自語地上路了。

13

第四顆星球上住著一個商人。他可眞忙，小王子來到時，他甚至沒時間抬頭看一眼。

「您好，」小王子對他說，「您的香煙滅了。」

「三加二等於五；七加五是十二；十二加三等於十五。你好！十五加七是二十二；二十二加六等於二十八。我沒功夫點煙。二十六加五等於三十一。噢！總共是五億零一百六十二萬二千七百

三十一。」

「五億個什麼東西呀？」

「怎麼？你還在這兒？五億零一百萬……我也不太清楚……我的工作太多了！我是個非常嚴肅認真的人，我，我沒功夫跟你廢話！二加五等於七……」

「你說的五億零一百萬個到底是什麼東西呀？」

小王子又問道，他生來就是這樣，一個問題非要打破沙鍋問到底不可。

　　商人這才抬起頭來：

　　「我在這個星球上已經住了五十四年了。五十四年來，我只受過三次打擾：第一次是在二十二年前，天知道從什麼地方掉下來一隻發暈的鵝，整個星球都迴蕩著它那可怕的噪音，害我在一次加法運算中出了四個錯；第二次發生在十一年前，那時我患了關節炎──我缺少鍛鍊，可是我哪有功夫閒逛呀，我這個人向來嚴肅認眞；第三次嘛……就是這次了。我剛才說到哪兒啦，五億零一百萬？」

　　「到底是五億零一百萬個什麼呀？」

　　商人這才明白，不回答小王子他就休想安靜地算數。

　　「五億零一百萬個有時能在天空中看得見的小東西。」

小王子

「是蒼蠅嗎？」

「不是。是些閃閃發光的小東西。」

「那是蜜蜂嗎？」

「也不是。是一些使懶人想入非非的金黃色小東西。而我是個嚴肅認真的人！我可沒有時間去想入非非。」

「哦！是不是星星？」

「沒錯，就是星星。」

「那麼，你要這五億顆星星做什麼呢？」

「準確地說，是五億零一百六十二萬二千七百三十一顆。我是個嚴肅認真的人，我這人最講究準確。」

「那你要這麼多星星做什麼用呢？」

「你問我要它們做什麼用？」

「對呀！」

「什麼也不做，我占有它們，它們是我的。」

「你占有星星？」

「沒錯！」

「我曾經見過一個國王，而他說……」

「國王不占有，他們只是『統治』。這完全是兩碼事。」

「但你要這麼多星星有什麼用呢？」

「它們可以讓我發財呀！」

「發財又有什麼用呢？」

「如果有人發現了別的星星，我就可以把它們買下來。」

小王子心裡想，這個人說起話來怎麼有點像那個酒鬼。

雖然心裡這麼想，但他還是向商人提出了一些問題：

「怎樣才能占有星星呢？」

「你先說它們是屬於誰的？」商人不耐煩地反

問道。

「我不知道，大概不屬於任何人吧！」

「這就對啦，那麼它們就屬於我，因為我是第一個有這個想法的人。」

「想到了就是理由嗎？」

「當然啦！當你撿到一顆不屬於任何人的鑽石，那麼它就是你的；當你發現一個無人的島嶼，它也是你的；當你第一個有了某種想法和創意，你就馬上申請發明專利證書，它就是屬於你的了。我之所以占有星星，就是因為在我之前，從來沒有人想過要占有它們。」

「這我相信。」小王子說，「那你用它們做什麼呢？」

「我管理它們。我統計它們的數目，反反覆覆不停地計算。」商人說，「難呀！不過，我是個嚴肅認真的人。」

101

小王子對這樣的回答並不滿意。

「要是我有一條圍巾，我可以把它圍在脖子上，隨便帶到什麼地方；要是我有一朵花，我就可以把它摘下來戴在頭上，也可以到處走動。可是你不能去摘星星呀！」

「是不能，但我可以把它們存在銀行裡。」

「這是什麼意思？」

「這就是說，我把它們的數目寫在一張紙上，然後把它鎖在抽屜裡。」

「這樣就行了嗎？」

「當然。」

真是好玩，小王子心想：「占有星星是滿有詩意的，但這並不是一件多了不起的嚴肅事情。」

在一些重大的事情上，小王子與大人們的想法完全不同。

「我呢，」小王子說，「我有一朵花，每天我

都給她澆水。我還有三座火山，每個星期我都清理一遍火山口，連那座死火山，我也要通一通。說不定它哪一天爆發了呢！我占有它們，這對它們都是有好處的。可是你對星星有些什麼好處呢？」

商人被問得啞口無言。於是小王子又離開了這個星球。

「這些大人們簡直怪得不可思議。」一路上，小王子一直這麼想著。

14

第五顆星球真的是很奇特。它是所有行星中最小的，只能容得下一盞街燈和一個點燈人。

小王子無法理解，在星際中，在這樣一個沒有房子，以及除了一個點燈人外就沒有人居住的星球上，要一盞燈和點燈人有什麼用？

　　但他仍然對自己說：

　　「這個點燈人也許很可笑，但是比起那個國王、酒鬼、自負的人和商人要好多了。至少，他的工作還有點意義。當他點亮街燈的時候，就好像另一顆星星或花朵誕生了一樣；當他熄掉街燈時，就像是送星星或花朵回去睡覺。這工作充滿詩意，既然充滿詩意，那就是有益的工作。」

　　於是，他懷著崇敬的心情，登上了這個星球。

　　「早安，你剛才為什麼把路燈熄了呢？」

　　「這是規定呀。」點燈人回答。「早安。」

　　「什麼規定？」

　　「把燈熄掉呀！晚安！」他又點燃了路燈。

　　「那麼為什麼你又把燈點亮了呢？」

　　「規定呀。」

　　「我不懂。」

　　小王子說道。

「用不著明白，」點燈人說，「規定就是規定。早安！」

隨後他又熄了燈，然後拿出一條紅格子手帕擦一擦前額。

「這工作可把我累苦了。以前還說得過去，早上熄燈，晚上點燈，剩下時間，白天我就休息，夜晚我就睡覺。」

「現在的規定改了？」

「規定倒沒有改，」點燈人說，「倒楣就倒楣在這裡！行星一年轉得比一年快，而規定卻沒有改變！」

「結果呢？」

小王子問。

「結果現在行星每分鐘轉一圈，我連一秒鐘的休息時間都沒有了。每分鐘我就要點一次燈，熄一次燈！」

「眞好玩！你這裡每天只有一分鐘長？」

「一點都不好玩！」點燈人說道，「我們已經聊了一個月了。」

「一個月？」

「沒錯，一個月。三十分鐘，就等於三十天了。晚安！」

點燈人又把燈點上。

小王子看著他，覺得自己挺喜歡這個忠於職守的點燈人。他想起以前要欣賞落日時，只需挪動座椅就行，於是他想幫助點燈人。

「您知道嗎？」小王子說，「有一個方法可以讓您休息，當您想休息的時候。」

「我一直都想休息。」點燈人說：「一個人是不可能同時努力工作和偷懶的。」

小王子接著說：

「您的行星這麼小，走三步就可以繞一圈了，

您只要放慢腳步，太陽就老在您的頭頂上。您想休息的時候，您就往前走——那樣，您的白天要多長就有多長。」

「這辦法幫不了我多大忙，我一生中最喜歡的事情是睡覺。」點燈人說。

「那真是不幸！」小王子說。

「真的很不幸！」點燈人說。

「早安！」

他又熄滅了路燈。

小王子繼續踏上他的旅程，他獨自想著：

「國王、自負的人、酒鬼、商人一定都看不起點燈人。然而，他卻是我唯一不覺得愚蠢的人。也許因為他是唯一不為自己而忙碌的人吧！」

他感慨地歎了口氣，自言自語道：「他是唯一一個使我想跟他做朋友的人。可是，他的行星實在太小了，住不下兩個人。」

　　小王子沒有勇氣承認的是：他留戀這顆令人讚美的星星，是因為在那裡，二十四小時之內就有一千四百四十次日落！

15

　　第六個星球要比點燈人的星球大十倍。這裡住著一位老先生，他寫了好多好多書。

　　「看呀，來了一個探險家！」

　　一看到小王子到來，老先生就朝他大呼小叫起來。小王子氣喘吁吁地靠著桌邊坐了下來，他已經旅行了很遠很遠。

　　「你從哪裡來的呀？」老先生問他。

　　「這本書好大，它是關於什麼的大書呢？」小王子又好奇地問，「您在這裡幹什麼呢？」

　　「我是個地理學家。」老先生說。

「什麼是地理學家？」小王子問。

「地理學家就是知道很多事情，很有學問的人。地理學家知道所有的大海、河流、山脈和沙漠的位置。」

「那太好玩了！」小王子說，「終於見到了一個有真正職業的人。」

小王子環視了一下地理學家的星球，這是他見過最雄偉壯觀的一個星球了。

「您的星球太漂亮了！這裡有海洋嗎？」

「我無法回答你。」地理學家說。

「噢！」小王子大失所望。「那，這裡有山嗎？」

「我無法回答你。」地理學家說。

「那麼城市呢？河流呢？沙漠呢？」

「這些我也無法回答你。」

「但你不是地理學家嗎？」

「沒錯，」地理學家說：「但我並不是探險家呀。在我的星球上，我連一個探險家也沒有。出去探測城市、河流、山脈、海洋和沙漠，並不是地理學家的工作。地理學家太重要了，他可不能到處閒逛。他不能離開書桌，但他會在書房接見探險家。他問他們問題，並且記下他們旅行的遊歷。如果他對其中哪一位的遊歷有興趣，他就會要求調查那個人的品德。」

「為什麼呢？」

「因為一個說謊的探險家，將會對地理學家寫

111

的書造成大災難。喝太多酒的探險家也一樣。」

「爲什麼呢？」小王子問。

「因爲喝醉的人總是把一個看成兩個。結果是，地理學家將會紀錄某地有兩座山，但事實上那裡只有一座。」

小王子說：「我認識一個人，他大概會是個很糟糕的探險家。」

「很有可能。然後，當探險家的品行調查沒問題了，就得要求調查他的發現。」

「派人去看嗎？」

「不是，那樣太麻煩了。我們只要求探險家提供物證。比方說，假如他發現的是一座大山，我們就會要求他從那裡帶一些大石頭回來。」

地理學家突然很激動地說：

「而你，你應該來自很遙遠的地方！你是一位探險家！你一定要爲我描述你的星球！」

　　說著，地理學家翻開他的大筆記本，又把鉛筆削尖。他會先用鉛筆記錄探險家的敘述，等探險家提供了證據之後，再用墨水寫成定稿。

　　「那麼？」地理學家充滿期待地說。

　　「哦！我住的地方，」小王子說，「並不是太有趣。它很小，什麼都很小。我有三座火山，兩座活的，一座死的。但是，誰也不知道它會不會再噴火？」

　　「誰也不知道，」地理學家說。

　　「我還有一朵花。」

　　「我們不記錄花。」地理學家說。

　　「為什麼？在我的星球上，最美的就是那朵花了！」

　　「我們不記錄花，」地理學家說，「因為花的存在是轉瞬即逝的。」

　　「什麼是轉瞬即逝？」

「作為地理書，應該是所有書籍中最為嚴謹的一類。它們從來都不能過時。一座山不可能輕易就改變它的位置，一片海洋也不可能隨意就乾涸了，是不是？我們要記錄下來的都是可以永久存在的事物。」

「但是，就算是已經熄滅的火山，也有可能再復活的呀！」小王子打斷老先生的話，「那麼什麼是轉瞬即逝？」

「不管火山是活火山還是死活山，對於我們地理學家來說都是一樣的。」地理學家說，「它們對我而言就只是山，這是因為它們是不會隨意變動的。」

「但是，究竟什麼是轉瞬即逝呢？」小王子還在重複著他的問題，一旦他提出了問題，就沒有人能夠阻止他打破沙鍋問到底。

「那就是說有一種很迅速就消失的危險。」

「我的花也會很快就消失了嗎？」

「那當然了。」

「我的花真的會轉瞬即逝？」

小王子心裡唸叨著，非常沉重地。花兒只有四根刺來保護自己，孤零零地與外面世界的危險抗爭，而我卻讓她自己留在家裡，讓她孤獨寂寞地一個人生活著。

小王子有些後悔了，在他的旅途中，第一次感到後悔。但是很快他又鼓足勇氣。

「給我一些建議，告訴我應該到哪裡去呢？」小王子非常誠懇地請教地理學家。

「去地球吧，」地理學家回答說，「地球的名聲還不錯呢。」

小王子接受了地理學家的建議，很快就啓程了。在踏上通往地球的旅程，他的心裡卻一直惦記著他的花兒。

16

第七顆星球就是地球。

說起地球，它可不是一顆普普通通的星球！據統計，那裡一共有一百一十一個國王。當然，還要算上黑人國王啦。七千個地理學家，九十萬個商人，七百五十萬個酒鬼，三億一千一百萬個自負的人——這麼說吧，總共約有二十億個大人。

為了讓你們對地球的大小有個概念，我在這裡告訴大家：在發明電燈之前，地球的六大洲總共需要四十六萬二千五百一十一位點燈人整天忙碌。這簡直是一隊浩浩蕩蕩的大軍呀！

要是從遠處觀察他們，猶如欣賞一幅壯麗輝煌的圖畫。這支隊伍的行動猶如歌劇院裡芭蕾舞者的動作，整齊劃一、和諧優美。首先是紐西蘭和澳大

利亞的點燈人上場，點上路燈後他們就回去睡覺。之後輪到中國和西伯利亞的點燈人上臺獻藝，接著又是俄羅斯和印度的點燈人上場表演，非洲和歐洲的點燈人則緊隨其後。當南北美洲的點燈人上臺展現他們技藝的時候，這場表演已接近尾聲。他們總是那樣有條不紊地按順序出場，沒有出過任何差錯。那真是盛大壯觀的演出啊！

　　唯獨北極和南極總共只有兩個點燈人，而且一年之內只工作兩次，他們的生活可真是悠閒自在！

17

　　當你試著要幽默一點時，偶爾可以撒點無關緊要的小謊。關於點燈人，我說得並非十分明白，可能會讓那些不清楚地球現狀的人產生一些誤解。人們在地球上所占據的空間其實很小，如果地球上二

十億人成排緊密地站在一起，就像參加聚會那樣，他們很容易就可以擠進一個邊長二十英里的正方形廣場。也就是說，可以把全部的人類，都擠進一個太平洋的小島上。

當然，大人們是不會相信這些的。他們會覺得自己占了很大的空間，他們把自己看得像猿猴麵包樹那樣重要。那你就建議他們算一算。他們不是喜歡數字嗎？他們會高興的。

但你自己別浪費時間在這件無聊的事情上，毫無必要。我知道你會相信我的。

小王子一登陸就很驚訝，他沒有看到任何人。當一個月光般的金黃色環狀物在沙丘間移動時，他已經開始猜想：自己是不是跑錯星球了。

「晚安！」小王子有禮貌地說。

「晚安！」一條蛇回答說。

「我在哪一個星球？」小王子問。

「在地球上，這裡是非洲。」蛇回答。

「啊！地球上沒有人嗎？」

「這裡是沙漠，沙漠中沒有人。地球是很大的！」蛇說。

小王子在一個石頭上坐下來，仰望天空。

「我在想，星星們閃閃發亮，是不是爲了讓我們有一天能重新找到自己的那顆星。」他說：「看，我的那顆星星，它恰好就在頭上，但實際距離卻是如此遙遠！」

「它很美！」蛇說，「你到這裡來幹什麼呢？」

「我和一朵花鬧彆扭。」小王子說。

「噢！」蛇說。

於是他們都沉默下來。

「所有的人都到哪兒去了？」小王子終於又開口說：「在沙漠上，眞有點寂寞。」

「在人群裡也是很寂寞的。」蛇說。

小王子久久地凝視著他。

「你是個奇怪的動物，細得像根手指頭。」小王子終於又開始說話了。

「可是，我比國王的手指頭還要有力！」蛇說。

小王子微笑了。

「你才沒有什麼力呢！你沒有腳，也走不了多遠。」

「我能帶你去任何船隻都到達不了的地方。」蛇說。

他把自己纏在小王子的腳踝上，就像一隻金鐲子一樣。

「地球上無論是誰被我碰到，都會被我送回到他最初所來的大地。」他繼續說道，「可是，你是如此純潔，又來自別的星球。」

小王子默默無言。

「我為你感到難過——在這個花崗岩組成的地

球上，你是如此脆弱！」蛇說道，「如果你發現自己很想家的話，我可以幫助你，我可以……」

「噢！我完全明白你的意思，」小王子說，「但你爲什麼要說些令人費解的話呢？」

「我是解答所有的問題。」蛇說。

於是，他們又陷入沉默。

18

小王子穿過沙漠時，遇到了唯一的一朵花。這朵花只有三個可憐的花瓣，孤零零地，彷彿沒有任何存在價值似地在沙漠裡矗立著。

「妳好呀！」小王子熱情地和她打招呼。

「你好！」花兒說。

「妳知道人都在哪兒嗎？」小王子非常禮貌地問。

她曾見到一支商隊從她面前經過，但那已經是很久以前的事情了。

　　「人？」花兒告訴小王子說：「我想可能還有那麼六、七個人，我見過他們，但那是好幾年前的事了。誰也不知道在哪裡可以找到他們。他們又沒有根，風吹散了他們，沒有根讓他們活得很艱難呀！」

　　「那麼，再見吧！」小王子對花兒說。

　　「再見！」花兒禮貌地回答。

19

　　小王子登上了一座高山。在此之前，他所知道的山，就是他那三座高不過膝蓋的火山。那座死火山還經常被他當作腳凳。

　　「站在這麼高的山頂上，」小王子心裡想，「我可以看到整個地球，看到所有的人……」但是，現在除了奇怪的岩石和高高的山峰之外，他什麼也看不見。

　　「你好！」他隨便喊了一聲。

　　「你好……你好……你好……」回聲回答他。

　　「你們是誰？」小王子問道。他不曉得，那只是他的回聲。

　　「你們是誰……你們是誰……你們是誰……」還是他的回聲。

126

「跟我做朋友吧，我很孤單。」他又說。

「我很孤單……我很孤單……我很孤單……」還是只有回聲。

「多麼奇怪的星球啊！」小王子心裡想道，「一切都是那麼枯燥、尖利、粗糙而險惡。而這裡的人都沒有想像力，只會跟在別人後面說話，從不多回答一句……在我的星球上，我有一朵花，她總是先開口說話。」

20

在沙漠、岩石、雪地上行走了很長的時間以後，小王子終於發現了一條大路。只要有路，就會通向人類居住的地方。

「早安！」他說。

他走過一個盛開玫瑰的花園。

「早安！」玫瑰花們說。

小王子注視著她們，她們看起來和他的花非常相似。

「你們是誰？」他驚奇地問她們。

「我們是玫瑰花呀！」玫瑰們說。

「啊！」小王子說。

他感到很傷心。他的花曾經告訴他，她是全宇宙僅有的一朵玫瑰。而這裡，單是這個花園裡就有五千朵玫瑰花，長得跟他的花兒幾乎一模一樣！

「她一定會氣得要命，如果她看到這幅景象的

話。」他想，「她準會咳得很厲害，而且裝出一副快死的樣子，以免被嘲笑。而我就得裝出照顧她的樣子──因為如果我不這樣做的話，她真的會讓自己死去。」

然後，他對自己說：「原本我以為擁有一朵獨一無二的花呢，沒想到我擁有的只是一朵普通的花。這朵花，再加上三座只有我膝蓋那麼高的火山，而且其中一座還可能是永遠熄滅了的。這些根本就不能讓我成為一個了不起的王子啊！」

於是，他趴在草地上傷心地哭泣起來。

21

就在這時，跑來了一隻狐狸。

「你好！」狐狸熱情地問候小王子。

「你好！」儘管小王子轉了一圈什麼也沒看見，但還是禮貌地回答。

「我在這裡呀，」那個聲音說，「就在蘋果樹下面。」

「你是誰？」小王子問。「你看起來真漂亮！」

「我是一隻狐狸。」狐狸說。

「過來和我玩吧。」小王子提議說，「我很不開心！」

「我不能和你玩，」狐狸說，「我還沒被豢養呢。」

「噢，對不起。」小王子說。但他想了想又問

道：「能告訴我什麼叫『豢養』嗎？」

「你不住這兒吧？」狐狸反問他，「你在找什麼嗎？」

「我在找人。能告訴我什麼叫『豢養』嗎？」

「人呀，就是那些有槍的傢伙，他們會打獵，這很討厭！但他們也養雞，這是他們唯一的好處，你在找雞嗎？」

「不，我要找朋友。什麼是『豢養』？」

「這早就沒人在意了。」狐狸說，「『豢養』就是要建立一種關係。」

狐狸繼續說：「對我來說，你只是個普通的小

男孩，和我所見過成千上萬的小孩一樣，沒有任何區別。現在我不需要你，你也一樣不需要我。而對你來說，我也不過就是一隻狐狸，同其他千萬隻狐狸一樣，也沒有任何區別。可是如果你豢養了我，一切就不一樣了，我們會互相信任，互相依賴。無論如何，在這個世界上我們都是彼此的唯一了。」

「我開始有些瞭解了。」小王子說，「有那麼一朵花，我想她大概把我豢養了。」

「有可能呀。」狐狸說，「這個世界上什麼事情都有可能發生。」

「噢，但這不是在地球上的事。」小王子說。

聽到這些，狐狸顯得非常疑惑，而且分外好奇：

「在另一個星球嗎？」

「是的。」

「那裡有獵人嗎？」

「沒有。」

「啊，那太有意思了！那裡有雞嗎？」

「也沒有。」

「沒有十全十美的事！」狐狸輕歎一聲，很快

又回到原來的話題：

「我的生活單調得讓人厭倦。我追雞，獵人追我，所有的雞都一樣，所有的人也都一樣，所以我覺得特別無聊。但是如果你豢養了我，我的生活就會充滿明媚的陽光，我會非常快樂，會辨別你與其他人不一樣的腳步聲。別人的腳步聲會讓我躲藏在地下洞穴裡，而你的腳步聲對我來說就是一種召喚，像音樂一樣動聽，會讓我從看不見陽光的地穴中出來。就是那兒，你看見那邊的麥田了嗎？我是不吃麵包的，麥子對我來說毫無意義，況且麥田對我也無動於衷。這是一種悲哀。但你有金黃色的頭髮，想想要是你豢養了我多好呀！那時候，同樣是金黃色的麥田，對我來說就不一樣了，那些金色的小麥將使我想起你。而我會去傾聽吹拂過金黃色麥田的風聲……」

狐狸注視著小王子，過了很長時間，又說：

「請豢養我吧，我很想能被你豢養，非常非常的希望！」

「我也想。」小王子回答他，「但是我沒時間，我得去找我的朋友，而且還有好多事情得去瞭解。」

「可是只有被豢養了的才能被瞭解呀！」狐狸說，「人們通常沒什麼時間去瞭解什麼，他們去商店買現成的東西，但是沒有商店是可以販賣友情和朋友的。所以人們就不會有什麼朋友了。如果你真的想要個朋友，就請你豢養我吧！」

「豢養你，我應該怎麼做呢？」小王子問狐狸。

「你要有耐心，」狐狸說，「開始你要耐心點，就像這樣遠遠地坐在草坪上，我就用眼角偷偷地看你，而你什麼也不說，語言往往是誤解的根源。然後，你可以每天都向我靠近一點，一天一點

地靠近我。」

第二天，小王子又來了。

「你最好每天都同一個時間來。」狐狸說，「比如吧，你下午四點來，而一到三點的時候，我就會開始感到開心，時間慢慢地靠近，我就會覺得更加開心。四點時我已經有些焦慮並心神不安了，我想讓你知道我是多麼地激動。但是如果你沒有固定的時間，隨便什麼時候就來了，我就不知道什麼時候要準備好愉悅快樂的心情去迎接你。這一切必須得有個儀式。」

「什麼是儀式？」小王子問。

「這也是人們已經遺忘的事，」狐狸說，「讓某天與其它的日子不一樣，某時某刻與其他任何時刻都不一樣的一種活動，那叫『儀式』。比如說那些獵人們會在每週四去和村子裡的姑娘們跳舞，所以每週四都是我最快樂的日子，我可以盡情地在葡

小王子

137

萄園裡散步。如果獵人們隨時都去跳舞，每天都一樣的話，我就不會有星期四這個愉快的假期了。」

於是，小王子豢養了狐狸。

到了小王子打算離開他的時候，狐狸依依不捨地說：

「我一定會哭的。」

「那就是你的不對了。」小王子說，「我不想讓你痛苦，可是你卻要我豢養你。」

「是的。」狐狸說。

「但你現在卻要流眼淚。」小王子說。

「是，我是想哭。」狐狸說。

「這對你並沒有好處呀？」小王子對狐狸說。

「不，對我有好處，因為我得到了麥田的金黃色，以後它會讓我想起你的。」接著狐狸又說：

「快去看看園子裡的那些玫瑰吧。你會瞭解你的那朵玫瑰，的確是世界上獨一無二的玫瑰。等你

再回來跟我說再見的時候，我將送你一個秘密。」

於是，小王子去和玫瑰們告別。

「妳們和我的玫瑰都不一樣。」小王子說，「妳們還什麼都不是呢！沒有人豢養過妳們，妳們也沒有豢養過任何人。妳們就像我剛剛認識的狐狸，那時他與其他的狐狸們沒有什麼區別，但現在我們是朋友，而他也是世界上獨一無二的一隻狐狸。」

玫瑰們都很尷尬。

「妳們的確很漂亮，但妳們是空虛的。」小王子繼續說，「沒有人會為妳們而死，當然了，一個路人他會覺得我的玫瑰和妳們沒有差別，但她比妳們全部都重要。因為是我為她澆水，是我把她放在玻璃罩下；因為我給她一個屏風擋風，因為我為她殺死許多蛹（只留下兩三隻變成蝴蝶）；因為我會聽她的抱怨，聽她吹牛，聽她沉默。因為她是我的

玫瑰！」

　　說完，小王子就回到狐狸那裡與他道別。

　　「再見吧！」小王子對狐狸說。

　　「再見！」狐狸說，「現在我要告訴你這個秘密，其實很簡單：任何事情都一樣，眼睛可以看到的未必是真實，而真正重要的、真實的東西，是要用心去體會的。眼睛看得到的，不過是些表面的東西。」

　　「眼睛只看得到表面的東西。」小王子重複著狐狸的話。

　　「正是因為你為你的玫瑰付出了很多時間，所以她才會變得如此重要。」

　　「我為我的玫瑰付出了時間……」

　　小王子之所以不斷重複狐狸的話，為的是要把他的話記下來。

　　「人們已經忘記了這個簡單的道理，」狐狸

說，「但是你不可以忘記，一旦你豢養了什麼，你就要負責到底。你要一直對你的玫瑰負責。」

「我要對我的玫瑰負責……」小王子重複著，確定自己不會忘記……

22

「你好！」小王子說。

「你好！」扳道工說。

「你在幹什麼？」小王子問。

「我在給旅客做分類，一千個人一批。」扳道工說，「我把載運旅客的火車發往各地，時而向東，時而向西。」

說話間，一列燈火輝煌的特別快車雷鳴般地呼嘯而過，震得扳道房搖搖晃晃。

「他們好忙呀！」小王子說，「他們急急忙忙

地去哪裡呢？」

「恐怕連火車司機也不知道。」扳道工說。

這時，第二列燈火通明的特別快車轟隆隆地朝著相反的方向疾駛而過。

「他們又回來了嗎？」小王子問。

「他們不是同一批旅客，」扳道工說，「這是另外一輛車。」

「他們對他們那個地方不滿意嗎？」

「人們對自己所在的地方從來都不會滿意的。」扳道工說。

第三列燈光閃爍的特別快車又轟鳴著飛奔而去。

「他們在追趕第一批旅客嗎？」小王子問。

「他們什麼也不追趕，」扳道工說，「他們在車廂裡睡覺或者打哈欠，只有孩子們把鼻子貼在車窗上向外張望。」

　　「恐怕也只有孩子們才知道自己要什麼。」小王子說，「為了一個碎布做的玩具娃娃，他們甚至可以花上很多時間。這個時候，布娃娃比什麼都重要，要是有人把它拿走的話，他們就會大聲哭鬧……」

　　「他們很幸福！」扳道工說。

23

「早安！」小王子在打著招呼。

「早安！」商人回答。

那是一位推銷止渴丸的商人。一個星期吃一顆，你就不會覺得口渴了。

「你為什麼要賣這種藥丸呢？」小王子問道。

「為了節省更多的時間。」商人說，「專家們計算過，每個星期能節省五十三分鐘。」

「那麼，這節省的五十三分鐘用來做什麼呢？」

「只要你高興，做什麼都行啊……」

「我若有五十三分鐘的空閒，我就會悠閒地走到清冽的泉水邊去。」

24

聽到小王子關於止渴丸故事的時候，已經是我深陷沙漠的第八天，最後一滴水也被我喝光了。

於是我對小王子說：

「你的那些故事真的非常吸引人，但是我的飛機壞了，修也修不好。況且現在，我已經沒有水可以維持了。要是我也能夠悠閒地走到清洌的泉水邊去，我也會很高興！」

「我的狐狸朋友……」小王子好像又要開始說故事。

「我親愛的小朋友，現在的大麻煩跟你的狐狸一點關係也沒有。」

「為什麼呢？」

「我現在沒有水了，人要是沒有水是會死掉

的，所以恐怕我要被渴死在這裡了。」

小王子好像完全沒有領會我話裡的意思，他依然用同樣的口氣說：

「多一個朋友是件非常好的事情，即使其中一個會為此付出生命，我也會覺得高興，並且覺得值得。你看我，就那麼高興多了一個狐狸朋友。」

小王子是不能體會我的處境的，我暗自想著。他既不覺得餓，也不感覺口渴。對小王子來說，只要有些陽光，就可以讓他覺得很快樂了。但是他鎮定地看著我，好像能夠看到我心裡在想什麼似的。

他忽然對我說：

「我也覺得口渴了……我們去找口井吧……」

我覺得不會有什麼希望的，在這樣一片荒蕪的大沙漠中，光靠運氣去找一口有水的井，是不可能的，甚至可以說有些荒謬。但我們還是出發了。

經過數小時的艱苦跋涉，我們都很沉默。黑夜

不知不覺地降臨了，星星們又都開始熠熠發光。數小時的乾渴，使得我開始發燒，看著滿天的星光，就好像自己駐留在夢裡一樣。然而剛才小王子說的話，下意識地讓我從夢裡回到現實中來。

「難道你也會口渴嗎？」我問。

他沒有直接回答我，只是說：

「水也許對心靈也是有好處的。」

我不明白小王子的意思。可是我知道即使再問他，恐怕也是徒勞無功的。

小王子累了，他坐了下來，我也跟著坐在他旁邊。

片刻沉默之後，小王子又開始說話了：

「星星很美麗！因為上面有一朵看不見的花。」

「是啊。」

我沒有多說什麼，只是怔怔地看著月光下的沙丘，在眼前無盡綿延。

「沙漠也是美麗的！」小王子繼續說著。

的確如此，我一直都非常嚮往沙漠，一個人坐在沙丘上，什麼都看不到，什麼也聽不見。然而，在沙漠的寂靜中有什麼東西悸動著，閃爍微微地亮光……

「沙漠這麼美麗，」小王子說，「是因為在沙漠裡的某處藏著一口清澈的泉水。」

我突然理解那沙漠中神秘的亮光是什麼，我驚訝不已。當我還是個小孩子的時候，我住在一座老房子裡。傳說就在這個房子下面埋著寶藏，可是我周圍沒有人知道怎樣才能找到它。當然，也沒有人試著去找找看。可是，就因為這樣，房子才顯得更加神秘。這房子對我來說，永遠有著一個深藏不露的秘密。

「的確如此，」我對小王子說，「不管是房子、星星、還是沙漠，使他們變得神秘而美麗的原

因，是我們用眼睛看不到的。」

「我眞高興，」他說，「你和我的狐狸想法一樣。」

小王子不一會兒就睡著了，我把他攬在懷裡，抱著他繼續大步向前走。此刻我被深深地打動著。他是那麼脆弱而易碎的寶貝，甚至整個地球再也沒有比他更易碎的東西了。在月光下，我注視著小王子微微泛白的額頭。他緊閉著眼睛，額前的一絡頭髮在晚風中飄散著。我對自己說：

「我看到的只不過是個小小的軀殼，而最重要的東西是眼睛看不到的。」

小王子的嘴唇微微地張著，帶著不知道爲什麼有些疑慮的微笑。

我又對自己說：

「讓我深深感動的，是熟睡在我懷裡的小王子，因爲他可以那樣地在意一朵花兒，那朵玫瑰就

彷彿是黑暗裡的一盞明燈，她可以把她的小王子照得那麼亮，而他就在夜色下，在我的懷裡，睡得如此香甜……」

當我的思緒駐足在這兒的時候，更覺得我的小王子愈加脆弱了，守護他的感覺，就好像在寒夜裡守護微弱的燈火，夜風隨時可能將他吹熄……

我就這樣一直走著。破曉時，我找到了那一口水井。

25

「那些人，」小王子說，「拼命地擠上火車，卻又不知道自己在追尋什麼。然後他們既興奮又匆忙，急得團團轉……」

他接著又說：

「這樣真是不值得……」

　　我們找到的這口井，與撒哈拉大沙漠中的井不太一樣。撒哈拉大沙漠裡的水井是在沙地上挖的一些簡單水坑，而這口井卻與一般農村裡的水井差不多。可是這裡連個村莊的影子也看不到，難道是我在做夢？

　　「這真有點兒怪，」我對小王子說，「井邊什麼都有，有轆轤，水桶，還有井繩……」

　　小王子笑著，抓起井繩就搖起轆轤來。這時轆轤發出吱吱呀呀的聲音，就像一架老式風車很長時間沒有轉動了一樣，發出痛苦的呻吟。

　　「你聽，」小王子說，「我們喚醒了這口井，它在歌唱呢……」

　　我不希望他把自己累著了。

　　「讓我來吧，」我對他說，「這對你來說太重了。」

　　我慢慢地把水桶提到井臺上，把它放穩。我的

耳邊仍然回響著轆轤的轉動聲，我看見火一樣的太陽在顫動的水面上歡快地跳躍。

「我真想喝一口這水，」小王子說，「給我一些水喝……」

直到現在，我終於明白他要尋找的是什麼東西了。

我把水桶端起來送到他的唇邊。他閉著眼睛慢慢地、一口一口地喝了起來。他在享受著這美好的瞬間，因為這水絕不同於一般的水。它是我們在星光下長途跋涉後才找到的，是我在轆轤歌唱聲的陪伴下用盡雙臂的力量才提上來的。這甜甜的水就像一份珍貴的禮物那樣使人快樂。這不禁讓我想起童年時候得到的聖誕禮物，比如聖誕樹上的閃閃燈光啦，夜晚彌撒的聖樂啦……它們猶如溫柔的微笑，讓人心情愉快。

「你們這裡的人，」小王子說，「可以在一個

花園裡種上五千朵玫瑰──卻找不到他們自己真正想要的東西。」

「是啊，他們找不到。」我應聲道。

「然而，在一朵玫瑰花上，或者在一點水裡，他們很可能就能找到他們想要的東西。」

「你說得很對。」我回答道。

而這時，小王子又補充了一句：

「但這些都是用眼睛看不見的。應當用心靈去找。」

我喝足了水，深深地喘了口氣，感覺好多了。太陽升起，陽光照耀著大地，此時的黃沙呈現出蜜一般的顏色，這種蜜色也讓我感到愉快。但是為什麼我有悲傷的感覺？

「你要遵守你的諾言哦！」小王子又坐在我的身旁，輕聲地對我說。

「什麼諾言？」

「你知道⋯⋯給我的綿羊畫一個嘴套⋯⋯我要對我的花負責⋯⋯」

我從口袋裡把那一疊草稿都掏出來。小王子一見就笑著對我說：

「你畫的猿猴麵包樹，有點像包心菜⋯⋯」

「哦？」

我本來很為這幾棵猿猴麵包樹感到驕傲的。

「你看⋯⋯你畫的狐狸，⋯⋯他的兩隻耳朵⋯⋯有點兒像犄角⋯⋯它們太長了！」

說著他又笑了起來。

「這不公平，我的小王子。我除了會畫打開和沒打開肚子的蟒蛇之外，什麼也不會畫呀。」

「哦，這沒關係的，」他說，「孩子們看得懂。」

所以我用鉛筆畫了一個嘴套。當我把畫交給他時，我的心裡很難過：

「你計畫著什麼，而我不知道……」

他並沒有直接回答我的問題，只是說：

「你知道，我落在地球上……明天就滿一年了
……」

沉默了一會兒，他才又接著說：

「那時候我就落在離這裡不遠的地方……」

說這話時他的臉紅了。

不知道為什麼，此時此刻，我感到有一種難以
名狀的憂傷。我突然想到一個問題：

「在我認識你的那個早上，也就是八天前，你
獨自一人在這荒無人煙的大沙漠裡徘徊，這不是偶
然的吧？你是正在回到降落點的路上，對嗎？」

他的臉又紅了。

我又有些猶豫地追問他：

「是不是因為一週年的緣故……」

小王子的臉更紅了，但他仍然不回答我的

問題。我猜想，他臉紅的時候，是否就意味著「是」呢？

「哦！」我對他說，「我擔心……」

他卻對我說：

「現在你該去工作了，回到你的飛機那兒去吧。明天晚上再來，我在這兒等你……」

但現在我很不放心，我不禁想起那隻狐狸。一個人要是讓自己被豢養了，就必須承擔一點流淚的風險。

26

水井邊有面陳舊、殘缺的石牆。第二天晚上，我修完飛機趕過來的時候，遠遠地就看到小王子坐在牆上，兩隻腳晃來晃去。我聽到他說：

「你不記得啦，不是這裡呀。」

一定有別的聲音在跟他講話，因為他答道：

「是，是！是今天沒錯，但是地點不對呀。」

我繼續朝著牆走去，仍然沒看到或聽到任何人的聲音。但是，小王子又說話了：

「……當然，你會看到我留在沙地上的腳印，看到它是從哪裡開始的，你在那裡等我就行了，今夜我會在那裡的。」

我離那片牆只有二十公尺遠，可是卻看不到任何東西。

沉默了一會兒之後，小王子又開口了：

「你的毒液很毒，是嗎？你確定不會讓我痛苦太久，對嗎？」

我停了下來，雖然聽不明白他在講什麼，但心裡卻有一種說不出的滋味。

「現在，你走吧，」小王子說，「我要下來了。」

小王子

 159

我低頭看著牆腳，嚇了一跳。在那裡，豎著身體正對著小王子的，是一條黃色的蛇，三十秒內就能讓人致命的蛇。我從口袋裡掏出左輪手槍，奔跑過去。蛇一聽到我的聲音，就像一滴水花沒入沙堆裡，不慌不忙地，然後，隨著一絲金屬般的聲響，消失在石縫中。

　　我跑到牆邊時，正好把我的小王子接在懷裡。他的臉色雪一樣的慘白。

　　「這是怎麼回事？噢，你怎麼和毒蛇也談起心來了。」

　　我解開他一直圍著的金色圍巾，用一塊濕布在他的太陽穴上沾些水，並給他一些水喝。現在，我不敢再問他任何問題了。因為他是那麼憂傷地看著我，雙手圍著我的脖子。我感覺到他的心跳聲，就像一隻遭到槍傷、生命垂危的鳥兒一樣。

　　「我很高興你終於修好了引擎的故障。」他

說，「這樣，你就可以回家了。」

「你怎麼知道的？」

我本來就想告訴他，我的工作做得很順手，超出我的預期。

他沒有回答我的問題，接著說：

「我今天也要回家了。」

然後，他憂傷地說：

「路好遠，也很困難……」

我清楚地知道，有不尋常的事正在發生。我用雙臂緊緊地摟住他，就像摟著一個可愛的嬰兒那樣。對我來說，那感覺，就好像他正要一頭掉進無底的深淵裡，而我卻無法拉住他。

他的表情非常嚴肅，顯得遙遠而迷茫。

「我有你畫的羊，還有羊的小屋。而且，還有嘴套……」

然後，他帶著憂傷的神情微笑著。

我等待了一段很長的時間，終於看到他的臉色漸漸地恢復了紅潤。

　　「小傢伙，你受驚了……」

　　他真的很害怕，但他靜靜地笑了。

　　「今天晚上我會更害怕……」

　　再一次，我的心因這種無力而感覺寒冷。我知道，我無法忍受今後再也聽不到他的笑聲。對我來說，他的笑聲就像沙漠中的噴泉。

　　「小傢伙，」我說，「我想再聽到你的笑聲。」

　　可是，他卻說：

　　「到今天夜裡，正好是一年了，我會在我一年前降落地點的上空，找到我的那顆星星……」

　　「小傢伙，告訴我這都只是一場噩夢——蛇、你降落的地方、還有星星，對不對？」

　　然而，他並沒有回答我的問題，他說：

　　「真正重要的東西是看不見的……」

「沒錯，我知道……」

「就像我的花一樣。如果你愛上了某個星球上的一朵花，那麼，只要在夜晚仰望星空，就會覺得滿天的繁星像一朵朵盛開的花……」

「是的……」

「就像水一樣。因為轆轤和繩子，使得你讓我喝的水有如音樂一般。你記得嗎？它是如此甜美！」

「是的……」

「夜晚，你抬頭望著天空，尋找我的那顆星星。我的那顆星太小了，無法指給你看。這樣更好……你就把我的星星看作是萬千星星中的一顆吧。這樣，你就會愛看所有的星星，他們都會變成你的朋友。另外，我還要給你一件禮物……」

然後，他笑了。

「噢，小傢伙，親愛的小傢伙！我多麼喜歡聽

到你的笑聲！」

「對啊，這笑聲就是我的禮物。它就會像我們喝的水一樣……」

「你的意思是？」

「星星對每個人的意義是不一樣的。對旅行的人來說，星星可以指引方向；對有些人來說，星星只是一些小光點；對專家來說，星星是研究對象；對我遇到的商人來說，星星是黃金。然而，所有的星星都是沉默的。你的星星和別人的星星將不一樣。」

「你的意思是？」

「我會住在這其中一顆星星上面，在某一顆星星上微笑著，每當夜晚你仰望星空的時候，就會像看到所有的星星都在微笑一般！你——只有你——將擁有會笑的星星。」

於是，他又笑了。

「當你撫平你的憂傷的時候（時間會緩解任何憂傷），你就會是我永遠的朋友，你要跟我一起笑。而且，有時候，當你為了與我一同歡笑而打開窗戶時，你的朋友一定會因為你看著天空微笑感到很驚訝。到時候，你就可以告訴他們，『沒錯，星星常讓我笑！』然後，他們就會認為你瘋了。這是我跟你開的小玩笑……」

說著，他又笑了。

「那就好像，我給你的並不是星星，而是好多會笑的小鈴鐺。」

他又笑了。然而不久他的笑容就蒙上了一重凝重的神色。

「今晚——你知道……今晚你不要來！」小王子說。

「我不會丟下你一個人的。」我說。

「那時候我看起來會很痛苦，而且一副快死掉

的樣子。雖然不是眞的，但事情看起來就會像那樣，所以我不要你來，也不要你看，不值得⋯⋯」

「我不會丟下你一個人的。」我再一次地重複。

但他看起來憂心忡忡：

「我告訴你，這也是因爲蛇的緣故。一定別讓它咬了你，蛇是很壞的。這條蛇可能只是爲了好玩就咬你⋯⋯」

「我不會丟下你一個人的。」

突然，他好像想通了什麼而放心下來：

「對呀！它們沒有多餘的毒液可以咬第二口。」

那天晚上，我沒有看到他出發，他是悄悄走的。當我追上他時，他正迅速而堅定地向前走著，他對我說的只是：

「噢！你來了。」他心神不定地緊握我的手。

「你不該來的，你會很難過的，看到我那副快

166

小王子

死的樣子。雖然那不是真的……」

我沒有說話。

「你知道的，路途太遠了，我不能帶著這個身體呀，那太重了。」

我沒有說話。

「那只是一副老舊的軀殼而已，你沒有必要爲老舊的軀殼而哀傷的……」

我還是沉默不語。

他有點沮喪，但是馬上又振作起來：

「想起你，我會很幸福的。你知道，我也會看著星星啊，所有的星星都將會有著生銹轆轤的井，所有的星星都會爲我流出清澈的泉水……」

我依舊沉默。

「那該會多麼有趣呀！你會擁有五億個小鈴鐺；我會擁有五億口水井……」

然後，他也沉默下來，因爲他哭了……

「就是這裡了，讓我自己走吧。」

他坐了下來，顯得很害怕。然後說：

「你知道的，我得對我的花負責。她是如此脆弱！如此天真無邪！她只帶著四根一點用也沒有的刺來保護自己，對抗整個世界……」

我也坐了下來，因為我再也站不住了。他說：

「現在就這樣了……」

他又遲疑了一會兒，然後站起來，往前踏了一步，而我卻動彈不得。一道黃色的閃光接近他

的腳踝，他有一陣子待在原地不動。然後，他輕輕地倒下，像一棵樹那樣，毫無聲息地緩緩倒在一片沙地上。

27

時間眞的是轉瞬即逝的，到現在，沒錯，一下子已經過去了六年……我從來沒有跟任何人講起過這個故事。我的同事們在沙漠裡找到我時，都很慶幸我在沙漠中的生還。我很悲傷，但我告訴他們，我只是太累了。

直到現在，我才能稍稍感到些許安慰。也就是說，到現在爲止，我還沒有能夠完全地平靜下來。可是我很明白，小王子已經回到了他的星

球，因為那天黎明後，我就再沒有見到他的身體。小王子的身軀並不像他說的那麼重……從那以後，我喜歡在夜裡傾聽星星的笑聲，那夜空中五億個小鈴鐺的聲音……

可是現在，說不定又發生了什麼不尋常的事情了。我忽然想起一件事，當時我給綿羊畫嘴套的時候，忘記在那上面加一個皮帶了。於是，我就想，小王子怎麼才能把嘴套給他的綿羊帶上呢？這樣看來，在他的星球上，會發生什麼事呢？小綿羊會把花兒都吃掉嗎？

而我又會對自己說：

「絕對不會的，小王子會在晚上用玻璃罩把花兒罩好。而且，他也會很認真地看管他的綿羊。」

想到這些，我就覺得欣慰了許多，也就會對著漫天星星的夜空微笑，而所有的星星也都這樣地對我微笑著。

可是有時候，我又會這樣想，人總是免不了粗心的，一旦有一點點疏忽就慘了。要是某天晚上，小王子忘了給他的花兒罩上玻璃罩，或是小綿羊在夜裡不聲不響地跑掉了……一想到這裡，所有的小鈴鐺就都哭成了淚滴。

於是，我們擁有一個神秘美妙的謎——對於你們，還有我——對所有深愛小王子的人來說，整個宇宙都會不一樣了，如果在某個我們不知道的地方，一隻我們從未見過的羊，已經吃了——或者沒吃？——一朵美麗的玫瑰花……

仰望星空的時候，你們可能會問，究竟羊有沒有把玫瑰花吃掉呢？答案究竟是肯定的還是否定的呢？你們會清楚地看到，所有的一切是怎樣起了變化……

沒有任何一個大人會認為，原來這一切竟是如此的重要！

後　記

　　對我而言，這裡是世界上最美好，也是最哀傷的一片土地。它和前一張畫的風景是一樣的，我將它再畫一次，是希望能夠加深你們的記憶。小王子到來和離去的故事就是在這裡發生的。仔細地看看這幅畫吧，如果有一天，你們也去非洲大沙漠旅行的話，就能夠準確地辨認出來。如果真有那麼一天，你們剛好從這裡路過，請不要匆忙地離開，請在那顆星星下稍作停留。如果那個時候，有個面帶笑容、留著金黃色頭髮、拒絕回答任何問題的小傢伙，朝你走過來，你們一定能猜出他是誰了。那麼請你們好心一點，別讓我再悲傷了，給我寫封信，告訴我，小王子又回來了……

國家圖書館出版品預行編目資料

小王子/安東尼.聖艾修伯里(Antoine de Saint-Exupéry)著.
-- 初版. -- 新北市：漢欣文化事業有限公司, 2023.06
176面；21x14.7公分. -- (名著典藏版；1)
譯自：Le petit prince.
ISBN 978-957-686-869-6(平裝)

876.57   112007964

定價220元

名著典藏版 1

小王子
Le Petit Prince

作　　　者 / 安東尼‧聖艾修伯里
　　　　　（Antoine de Saint-Exupéry）

總　編　輯 / 徐昱
封 面 繪 圖 / 古依平
封 面 設 計 / 古依平

出　版　者 / **漢欣文化事業有限公司**
地　　　址 / 新北市板橋區板新路206號3樓
電　　　話 / 02-8953-9611
傳　　　真 / 02-8952-4084
郵 撥 帳 號 / 05837599 漢欣文化事業有限公司
電 子 郵 件 / hsbookse@gmail.com
初 版 一 刷 / 2023年 6月

本書如有缺頁、破損或裝訂錯誤，請寄回更換